蕭邦旅社

Hotel Chopin

趙淑敏散文作品集

趙淑敏・著

右　趙淑俠〔站立者〕四歲、趙淑敏一歲時與父母在北平

左上　趙淑俠〔右〕五歲、趙淑敏兩歲

左下　少年時代在臺中，趙淑俠〔右〕十七歲、趙淑敏〔左〕十四歲

左上　二〇〇〇年在紐約參加文化活動，趙淑俠〔左〕、趙淑敏〔右〕
右上　九十年代在臺北，趙淑俠〔右〕、趙淑敏〔左〕
左下　一九九〇年代去大陸開會，趙淑俠〔右〕、趙淑敏〔左〕
右下　二〇〇一年在紐約華文作協開會，趙淑俠〔右〕、趙淑敏〔左〕

文壇姐妹星

宣樹錚

中國文學史上有父子都是文學家的：三曹（曹操、曹丕、曹植）、三蘇（蘇洵、蘇軾、蘇轍），二李（李璟、李煜）、二晏（晏殊、晏幾道）；有父女同為文學家的：蔡邕、蔡琰；也有母女，如當代的茹志鵑、王安憶就是；至於兄弟則有二陸（陸機、陸雲）、三袁（袁宗道、袁宏道、袁中道），現代的魯迅和周作人；兄妹則有班固、班昭，左思、左芬。而姐妹呢？那就是文壇姐妹星：趙淑俠、趙淑敏和施、朱兩家姐妹。

一

十年前，我去曼哈頓華美協進社（China Institute）參加講座活動，坐定不久，見兩位女士連袂而入，穿戴明豔、氣質高雅。在華美協進社往往能遇見一些文化名人，她們會是誰

呢?聽人介紹,才知道是趙淑俠、趙淑敏姐妹,聞名已久,但這是我們第一次見面。她們應該才來美國不久。趙淑敏從臺灣移民美國後,定居紐約法拉盛,而趙淑俠當了三十多年的「歐洲過客」,終於也來了美國,先是住在曼哈頓,離世貿中心不遠,九一一之後遷來法拉盛,姐妹倆樓宇相望,住得很近。紐約供華文作者活動的平臺本來就不多,常去的大致又是那些人,彼此遇上幾次,也就認識了。

法拉盛是紐約第二華埠,是華人新移民文化人首選的居處,近年又蓋了公立圖書館,圖書出借率居全美之冠,紐約華人文化中心就漸漸轉移到了法拉盛,文化活動也相應地活躍起來:文學講座、新書發表會,作家、作品研討會,讀書會,還有華文作協的活動,諸多場合往往都能見到趙家姐妹的身影,汲汲於傳播中華文化,熱心扶持文壇新人,樂此不疲。有那麼一段時間,以王鼎鈞、趙淑俠、趙淑敏為首的七、八位文友,有機會就會聚一聚,無論餐敘或是茶敘,天南地北地聊聊,交流資訊、各抒己見,縱談橫議,興會淋漓。我和趙家姐妹,也從客氣的問候到隨便聊聊,進而彼此可以直呼其名、無話不談了。

這一對親姐妹長得並不像,但任誰見了,都能透過歲月的輕紗窺出她們青春的倩影麗質,好一對妙人兒!有一回閒聊,說起少年事,她們淺笑著談到,當年追求者可是「大排長龍」呢!那時候沒有「美女作家」這個詞兒,不像今天,只要是女寫手,無不冠以「美女」

的頭銜，即使連「貌可中人」都說不上。

在有眾多女士的場合上，姐姐淑俠的服色總是最搶眼的，翠綠、赭黃、烏黑、雪白……一經搭配，在深沉中露出青春躍動的鮮豔明快。有年紐約華文作協新春團拜，趙淑俠戴一頂駝色貝雷帽，團圞如月；前不久見面，則戴了一頂看似灰鼠皮的鴨舌帽。她總是穿得那麼「恰到好處」。我說：「你真會穿戴，總那麼出彩。」她說：「別忘了我在歐洲學過美術設計，是有執照的美術設計師。」妹妹淑敏偏好黃色，嬌嫩純淨如蓮蕊的黃色。她說她喜歡自然、簡單、鮮明、豔亮，一如其心境。

姐妹倆性格不同。在公開場合，姐姐是圓，妹妹是方。姐姐處事圓融通達，反應敏捷、思慮周全。無論主持會議還是即興講演，都言之有物，表達清晰流暢，往往恰到好處、皆大歡喜。妹妹有稜角，好辯難，凡事認真，有學者的嚴謹，為了辯明事實，有時無暇顧及對方的面子和感受。我見過兩回，姐姐在臺上講演，妹妹在臺下舉手，發言詰難。我也有幸受過淑敏的詰難，好像在一次文學講座中涉及了唐宋的社會經濟問題，她提出了問題，聲音很亮，聽來有些咄咄逼人。淑敏「左手學術、右手文藝」，就學術而論，她的專長是中國經濟史。前幾個月，淑敏應邀參加回憶錄《千年世家》的新書發表會，作者齊彧是黃興的曾外孫，據目擊耳聞，書中提供了不少野史軼聞，讀來趣味盎然。淑敏在書裡夾了一張一張的

小紙條，發言中逐一檢閱，指出書中的失誤，不用說，肯定是下了不少功夫。她就是這麼認真，她承認，只要碰上學術和知識方面的問題，就頂真而不肯妥協。但在私下的交往中，你會發現趙淑俠是圓中有方，她對一系列問題都有自己明確的觀點，而且頑強執著；趙淑敏則是方中有圓，有著隨和、體貼的一面。

二

趙淑敏在〈與姐偕行〉這篇文章裡，回憶了在重慶沙坪壩的童年往事，十歲出頭的姐姐帶著妹妹，著了迷似地一起到隔壁的「時與潮書店」看小說，那時淑敏才八歲。這一對有著文學天賦的姐妹，小小年紀就為自己的文學生涯熱身，這在作家中也是少有的。從十五歲開始，趙淑敏在報上發表文章。而趙淑俠從七十年代始，作品亦是源源不斷，僅僅十來年，長篇、短篇加上散文，就寫了三百多萬字，成了臺灣最受歡迎的作家之一，一九七八年問世的《我們的歌》榮獲臺灣作協小說金牌獎，奠定了她在文學史上的地位。當時姐妹倆的作品常常同時在報紙的新書廣告中出現。趙淑敏一九八五年的長篇小說《松花江的浪》獲得國家文藝獎，標誌著她的創作高峰。這對在文學天空中閃亮的姐妹星，各有自己的軌道，卻又互相牽引著，不斷前行……

淑俠和淑敏的創作以小說為主，她們也以小說名家。小說家鮮有不寫散文的，她們都寫過不少的優美散文，出過多本散文集。眼前又是兩本，這兩本集子《忽成歐洲過客》、《蕭邦旅社》分別是淑俠和淑敏來美以後的散文結集。憶人記事、閱世論文、天涯旅蹤、心靈細語……，從中可以讀出人生、讀出情愫、讀出哲理，讀出時與空、讀出愛與美。

趙淑俠的文字溫馨質樸、有親和力，一路讀來，如漫步蘇堤。她的散文隨處流露出發自內心的人文關懷：關懷生命、關懷人生、關懷文藝，和對生命的慈悲熱愛、對人生的通達思考、對文藝的虔誠擁抱。文章中有時也有孤獨的流星，那是作者對著蒼穹的沉思，一個真正的作家，一定也是孤獨的。

趙淑俠的散文引領你走向外面的世界，讀完一篇文章，就像打開一扇門，眼前是一片理性、樂觀、有著愛和希望的天地。

趙淑敏的文字風格和姐姐不同，也許少了點兒質樸明快，但多了一份推敲和講究。一路讀來，不是漫步蘇堤，而是進了江南園林、上了九曲橋、進了假山洞，讀完後，更覺別有韻味。趙淑敏的散文引領你走向內在的世界：自我的生命體驗、細膩的感情積累，乃至歷史的縱深滄桑——別忘了，趙淑敏是個歷史學者。

三

大概三年前吧，趙淑俠在閒聊中說：「這兩年沒有好好寫東西，一個作家不寫東西，還算什麼作家？不行！」語氣中不無遺憾，甚至有點自責。幾個月後，趙淑俠說：「我覺得我還能寫，我有這衝動，現在已著手準備了，寫歷史小說，長篇，就寫納蘭性德。納蘭是葉赫族，正黃旗，我媽媽是滿族，也是葉赫族正黃旗。」她顯得有些激動。我聽了之後，有點吃驚，心想：寫長篇小說，你有這精力嗎？光搜集資料、看資料就夠受的了。此後每次見到趙淑俠，總會問起納蘭性德的事，於是知道她每天夜裡都到兩、三點鐘才就寢。

今年九月，我受託送兩本書給趙淑俠，約好在她公寓樓下的大廳碰頭。我提前幾分鐘到，趙淑俠下來了，穿得很家常，也沒有像平日出門時，總要上點妝，她笑著說：「你看我就這麼下來了。」一問之下，果然又是後半夜才睡的覺，但她看起來精神很好。她告訴我：「納蘭性德寫完了，共二十三萬字，書名叫《淒情納蘭》。」我又吃了一驚：「這麼快？」「查看資料花了八個月的時間，今年年初動手寫的。」趙淑俠說。接著談到出版、改編電視劇的事，她說，她連演納蘭性德的演員都相好了。

一個星期前，姐妹倆在臺灣參加完第七次世界華文作協會員大會回來，幾個人一起聊天。她們介紹了開會的情形。十一月二十九日，大會給趙淑俠頒發了終身成就獎，這是第五次頒獎，同時受獎的還有詩人余光中、小說家司馬中原。我們表示了祝賀，為她感到高興。得獎的原因，不只是趙淑俠卓越的創作成就，還因為她是歐洲華文文學的創始人。一九九一年，歐華文作家協會就是經趙淑俠奔走籌劃，在巴黎成立的。這是第一個全歐範圍的華文文學團體，趙淑俠是首任會長，也是終身榮譽會長。

席間，趙淑敏談到她準備創作一部名為「紐約傳奇」的系列短篇小說，以紐約華人社會的人生百態為素材。我說：「這題材好，寫了可以在《紐約文藝》發表。」淑敏說：「就怕會得罪一些人。」我說：「這是寫小說，塑造形象，又不是指名道姓，不必多慮。」接著，我問趙淑俠：「《納蘭》寫完了，下面準備寫什麼？」她搖搖頭說：「不寫了，太耗費精力了。」

我笑了，我不相信她真停得下來。因為我知道，文學既是這一對姐妹的生命，也是她們的宗教！

（序者為知名學者、作家，曾任蘇州大學中文系主任）

多謝殷勤杜宇啼

趙俊邁

趙淑俠、趙淑敏這對文壇姐妹，二〇〇九年初春要出新書了，姐姐的新書名是《忽成歐洲過客》，妹妹的新書名則是《蕭邦旅社》，光看書名，便可聞出濃濃的「旅居異鄉身似客」的況味。這和她們上一次出書，相隔八、九年！

當姐妹，除了要有情份，還要有緣份。趙淑俠和趙淑敏同在文壇屹立不搖，姐妹情份篤厚自不待言，趙家兒女六女一男，單單就她倆喜愛文學而且創作不輟，一起走入文壇，似乎是冥冥中註定的因緣。

不論在紐約、在歐洲、在臺北、在大陸，許許多多文壇聚會、寫作論壇的場合，淑俠、淑敏總是形影相隨，尤其這幾年，姐姐呵護妹妹，妹妹照拂姐姐；儘管兩人容貌不相似，但互依互持的情景，陌生人也可看得出，她倆是姐妹。

場景一：作家文友聚會上，大姐是熱情圓融的，二妹較專注而安然，淑俠總是滿場笑語

盈盈、溫馨寒暄；淑敏多是輕言細語或在一旁含笑靜觀。

場景二：座談或讀書會上，發表意見時，姐姐的稱揚讚賞多於批評指教，儼然有儒釋之風；妹妹常客觀超然、一針見血，有包青天的架勢。

雖然兩人風格相異，但她們敬重文友、平易和善的風度則是一般優雅，在兩人雍容的笑意中，讓人神馳遙想：錢鍾書曾對夫人說：「有名氣就是多些不相知的人。」楊絳為此寫下足堪低迴再三的註腳：「我們希望有幾個知己，不求有名有聲。」

淑俠人如其名；有一份堅強的自信心作為後盾，她的外表顯露著自在與樂觀，笑容常寫在臉上，揚起的嘴角掛著關懷與熱情；現在，好多人都叫她「大姐」，是因為感到她散發出「淑人君子，其儀一兮」的煦煦溫暖吧！

事實上，她大半生輾轉異鄉，人在天涯，獨來獨往的一個人，她說過：「我默默獨『爬』，孤家寡人一個。」這當中的「爬」，指的就是爬格子。如今她不用爬的了，她與時俱進，早就「敲」電腦了！

趙淑俠文如其人；她有幾分俠氣，她認為這「俠」字，最能形容她諸多文章裡潛在的精神，「我走過不少地方，看過形形色色的中國人，……我覺得在今天的世界上，做個中國人並不輕鬆」；或許就是肇因於這個「俠」字，她以筆代劍，馳騁文壇，為移居海外的華人打抱不平，她描寫海外華人的奮鬥心路歷程，為他們一掃胸中飽饜的酸甜苦辣，當然，其中也寫了許多自己！

在她的小說創作中，不論是《我們的歌》、《落第》、《春江》或是《賽金花》，都有一個通性：真實、真情、真心，她說：「我寫小說不喜雕琢，追求自然淡素。」淡素，也是一種美；絢爛趨於平淡，是一種意境；趙淑俠是學美術設計的，她在引領世界時尚潮流的歐洲從事絲綢圖案設計，用色大膽、極盡花俏，她說，那是一種直接的視覺效果，而文學，是心靈感覺之美，揮灑之間自是不同，追求目標也有區別。

大姐的筆，還是多情的，飽含女子的柔情、婉約、細緻，但又不失書香大氣。她的另一部長篇小說《淒情納蘭》也將付梓，她在介紹文字中這樣寫著：「紅塵孽海，浮生淒迷如夢，生死之限本難界定。容若的肉身雖已消失三百多年，他的詞作仍在繼續傳誦，留給人間無限的優美婉約和感人肺腑的至情。他證明了文學和一個文學男人的魅力與不朽，也證明了只有真正的美與善，能在人間逐世長存。」充分顯露了作者內心的婉約與筆端的氣度。

同樣是知名的作家，淑敏與姐姐的作品風格卻不相同。

趙淑敏曾任教於輔仁大學、實踐家專及東吳大學。十五、六歲就開始投稿，她形容自己是「教授三十年，寫作四十年」。

或許是因為久當「夫子」的關係，她的作品除了小說、散文，多為方塊專欄，《歸根》、《離人心上秋》、《松花江的浪》《心海的迴航》、《小人物看大世界》及《採菊東籬下》等之外，還有一冊雜文選集《短歌行》，與姐姐最大的不同，是她更多了幾分敏銳和理性。

妹妹愛唱歌，九歌出版的《乘著歌聲的翅膀》中這樣形容：「愛唱的人時時不忘唱歌，有聲的歌與無聲的歌全溶在文字裡。」真的，她超愛唱歌，如今在許多場合上，她仍不吝於展現她的美聲歌喉。

對大姐淑俠來說，二妹還有更可愛的一點，那就是客串她的祕書；她倆經常一起應邀參加座談、新書發表、茶會、參觀等活動，每當主辦單位打電話邀約大姐，正要說明時間和地點時，她總會搶在前頭說：「對不起，請您把時間和地點告訴淑敏吧！」淑敏也總會在電話裡跟聯絡人說：「請把注意事項都告訴我吧，您就是告訴大姐，也白搭，她記不住的！」

趙大姐的本事，就是把記有電話、地址的紙條隨手一放，就再也找不著了！因此，她一遇要事，一定找淑敏充當祕書，妹妹非常細心的記下各項細節，仔細得教人佩服。例如從他們居住的皇后區法拉盛到曼哈頓中城某博物館參觀，二妹會上網，把搭地鐵的車號、轉車的站名，轉搭幾號地鐵、哪站下車、哪個出口出站，都查得詳盡、記得詳細。大姐就安安心心、從容自若地跟著祕書，亦步亦趨地到達目的地。

這位愛唱歌的祕書，面對寫作和作學問時，則有剛毅堅持的一面，她筆鋒冷靜客觀，為學踏實。參加座談會，她必然就事論事，不虛與委蛇。這和她當了數十年的教授有關，她會說：「該講則當講，絕不應付了事。」

提起寫作緣，悠悠然，她走進時光隧道，捕捉那段緣起：「我五歲時就跟著大姐鑽進巷口的書店『看』書去啦！我哪認識字啊？我就學大人看書的樣子，拿本書可以端詳許久，後來讀書識字了，自然對書有一份熟悉的親切感。」

這雙姐妹對文字的迷戀，或許真是老天特意的安排。淑俠那年只有八歲，剛懵懂於小說中的形形色色，一下子就沉醉在「小書」的世界裡。

又是「天寶年間」的話了：抗日戰火日熾，趙家隨著國民政府遷到陪都重慶，姐妹兩個小娃娃跟著父母從北平千里流徙至嘉陵江，離鄉背井又逢國難當頭，孩子們哪有「玩具」可耍？八歲的大姐帶著五歲的二妹，百般無聊的在巷子裡閒晃蕩，無意間走進巷口的一家書店，大姐發現了新「玩具」，此後兩個娃娃就常蹲在書店的一方桌腳下「玩」書；字不認得幾個，就溜著看，一直看到抗戰勝利，全家搬到北平。當時，已埋下兩人日後喜愛文學的種子。

後來趙家的隔壁開了間大書店。「書店名叫『時與潮』。」、「是齊大爺開的！」、「齊大爺就是齊邦媛教授的父親。」、「他是我爸的老友，是東北協會的會長。」、「正確的說，書店是東北協會辦的。」兩人回憶起這段往事，妳一言我一語，爭先恐後、吱吱喳喳，就像回到孩提時代一般。清晰難忘的童年，是此生美好的記憶啊！

淑敏還記起娃娃時代，和姐姐妹妹一起玩「家家酒」，用紙剪個小男生、做個小女生、做一些桌椅家具什麼的，開始辦家家酒，不但有臺詞、還有劇情，今天沒辦完，明天接著演，就像現代的連續劇，她認為這是她後來也寫劇本的「因緣」。

說到劇本，大姐淑俠興致可高了，因為她當年做小小讀者時，是從看劇本入的迷，十來歲就能把《北京人》、《日出》、《雷雨》、《原野》背得滾瓜爛熟。投入太深，以致她的人生第一目標是當演員。後來，寫作則成了生命中的最愛。

在一九八六年應邀訪問北京時，特別要求拜訪曹禺，她很鄭重地對崇拜的偶像「坦白」了這青澀時代的夢想。自己的劇本對一位海外女作家，有如此大的影響，曹禺老先生必然是一番驚喜。

創作天地裡，雖然各有一片天，兩人依然相扶相持、情深義濃、鼓勵切磋，數十載而不移，實屬近代華文文壇風流多彩的姐妹情、筆耕緣！

這是一個出版灰暗的時代、也是讀書風氣窒礙的時代，更是文學創作病老垂危的時代，但兩姐妹的寫作熱情並未因此而頹喪冷卻，二〇〇九年伊始，她們同時出版「姐妹書」，雖然當年的光輝四射不再、也非昔日風華正茂；但兩姐妹卻是用心血筆墨證明：肯創作，文學就永遠不會死！

白先勇對他的文學不了情，以「傻蜂戀秋花」自況，而趙家姐妹用創作出版護衛文學生命，兩廂如此異曲同調，不由得令人興起「多謝殷勤杜宇啼」的感觸。

（序者為知名作家、紐約華文作家協會會長）

（本文轉載自《世界日報》副刊）

依然同行

趙淑敏

好多好多年了，我寫過許多不同類型的東西。用文字組構的心靈產物，除了現代詩，都曾經很投入過，而且不同性質的文本，喜歡用不同的筆觸與面貌呈現。讓我覺得最有趣的是，被長者將隱藏在專欄筆名背後的我，稱為「有學問的老先生」的那天，另一份報紙副刊卻登載了我一篇對純美的禮讚。

正像姐姐所說的，我出道和出書都比她早，自小就追隨在她身後跑書店的跟班兒，受不得分別了十三年，帶著滿心鄉愁回娘家的她不交「作業」。不可諱言的是，她探親後返回瑞士，從此成了質量俱豐的重要作家，除了她個人的創作衝動、基礎、決心與毅力之外，我就是那函電催稿的真正推手。《中央日報》副刊的主編孫如陵先生只管專欄，主持其他編務的「老編」夏鐵肩（鐵陀）先生，對這段過程體會得最深切，他在世時常提起，我和鐵陀兄合力促成的那樁得意事——因為陷在兩部書約與研究工作中的我，對夏先生的要求無法應承，

百般耍賴，便推出姐姐作擋箭牌，逼出了趙淑俠轟動海內外六十萬字的長篇《我們的歌》。

我在臺北不是經紀人，卻是姐姐的代理人，總管所有和她有關的生活瑣事支應，待姐姐正式走入文壇，又增管了和創作與文事相關的一切雜務，包括代替她領獎，都成了我的活兒。有那麼十餘年，為了領獎，我真忙得很，我們兩人的獎項輪番由我去領受；有一年的「五四」，上午領完自己的，下午趕場去領她的。她若是回到臺灣，我便恢復了「隨從」的身分，還兼「參謀」、「秘書」、「馬弁」、「攝影師」、「導盲犬」等等；我們又回到同一條路上，直到如今。除了自一九八六年起，我因家庭變故後的需要，到學校當全職教授，不得不將重心移至教學研究，疏遠了寫作，之前一直是與姐姐同路、同步伐而行的。

捨棄了教職，依親海外，姐妹卻同在紐約落足，經常在文學和文化活動中比肩出席。有著無所歸心的失落感的我，把散文創作當成了日常的「頭腦體操」。兩人同時出書，不是什麼新鮮事，這已是我們第四次在同一家出版社同時推出新作，而且正式以「姐妹書」的容顏面世。有人說，這可以算是佳話一樁，而我以為，縱非什麼佳話，至少可以算是令人欣喜、珍惜的緣分。

其實我最想完成的作品，不是一度動念的《紐約傳奇》，而是我的長篇《逆航三部曲》的後兩部。提前由講臺上退下，似可完成心願，只是計劃趕不上大環境的變化，時空轉換太快，在創作的跑道上，甚有思路阻滯、呼吸不暢的障礙。另一方面，尚有如根浮異土、失所依附的遊魂，更似被自己打敗的棄權者。氣餒了，終究邁不開腳步，大計劃變成了空話。慚愧！但除了那些給我鼓勵的前輩和幫我集購資料的朋友，對不住的僅是自己。

我不願回顧，假使從十五歲時的第一篇「作品」在臺中的《民聲日報》副刊發表算起，到如今究竟有多少年了？很久很久的一段日子了！就是成年之後，從精神苦海中浮游上岸，重拾創作之筆，至今也逾四十載，始終未曾間斷。即或主職在商學院，另在中文系教授一門課時，亦曾偶爾悄悄「不務正業」，於學術論文之外，玩一點在稿紙上畫畫墨花、聊以安慰自己的遊戲。

感謝老天，我那候鳥的心態與行徑，總算慢慢消褪了，同時由伏案寫字換成了敲擊電腦鍵盤，敲得還算勤快，假如願意掃稿成書，至少可成磚頭巨冊。但為了符合時下的習慣，只展出這本小書《蕭邦旅社》，與姐姐的《忽成歐洲過客》，結成我們有心經營的「姐妹書」。

感謝我們的好朋友，文學教授宣樹錚先生和紐約華文作協的趙俊邁會長替我們寫序。同時，由於欣賞秀威這群年輕朋友的朝氣與效率，出版大事交給了他們處理，放心之餘，也要感謝。

CONTENTS 目次

輯一　心境情痕・029

輯二

生活故事・089

輯三

行旅札記・147

輯四

文學因緣・191

輯一

心境情痕

殘荷的聲音

畫中是這個季節，也許還晚一點，因為楓樹叢中那由嫩黃到赭紅的層次已經沒有了。雖不是一色的紅，卻豔得如火燒一般，火焰該有的大紅、陽紅、金紅、橘紅都有，至少近景如此；當然那邊邊緣緣塗上了幾筆杏黃、淡黃，乃是藝術的營造。兩行楓樹隔著小溪蜿蜒，由近而遠，轉一個彎，更遠……最遠，影影綽綽地合在一處，是渾沌的秋調。小溪淙淙流下，碰到石頭還俏皮地跳幾跳，好像人也該陪著跳幾跳似的。分明應該是深秋的時節，卻故意顯擺、炫耀著生命勁道。

他要的就是這樣的畫境，只是油畫寄到時，他已在與生命拔河，送給兩人的禮物，末了只落得一個人欣賞。如今已把那畫裝框懸在面對床頭的牆壁上，每天早晚不欲見也得見，取代了曾做為書之封面的「葉底紅蓮」；豔夏早已過了。

老友也是好友，多年來不廢存問，從清純到近老，縱使隔著太平洋，多少年見不到面，

她還是她，我還是我，同喜同悲。習畫將近二十年、開始賣畫的馨，忽然想起還沒送我們祝福的禮物，發心要送我們一幅作品，自是欣喜接受。她問我喜歡什麼，而我，把決定權讓給他，問他想要什麼。他說要一幅秋景紅葉，熱熱鬧鬧、充滿生命力、會唱歡樂歌的紅葉；我能體會，這是他的心情，也是他的希望。其實我心底那個有聲的畫面……是我的心境，不過不太好，而且說了依他，就依他。說這話的時候，他的體魄、精神是那樣旺盛，儘管身外周遭不時有流石棘刺擲向我們，我們都有力量恬然承受。不委屈不等於毫無苦惱，即使如此，他要的仍是一幅歡悅帶糖味的秋色，來記錄心情；對他來說，這晚秋，是無與倫比、無可取代的。

說著說著，兩、三年過去了，畫終於收到了。就「寫實」、「鼓舞」的心願，該是那樣的，但面對當時的現狀，我感到那秋陽下的楓林展現得太旺了，心裡忐忑不安；並非多愁善感，心中擰著疙瘩，有著隱憂與暗懼，火紅到極致便將是葉落枝枯的寒天了吧！所以，當我欣賞著眼前一片耀眼的燦爛時，心裡已殘葉蕭蕭；其實不該意外，兩人決定共相廝守的時候，便已預知這樣的必然。

看到那紅到極致的楓林，不是扎眼而是錐心，不期然的會想到那塘殘荷，桂湖的殘荷！

一九九九年前往四川新都造訪桂湖楊狀元的故居，我曾先細細為他講述女詩家黃峨的故事。

到了那裡，才知道楊府所在的桂湖，滿植荷花，遠近馳名，如今還是所謂的觀光景點。只是我們去得遲了，十月的桂湖，一枝荷花也沒見到。不過，雖然把「景點」糟蹋得俗氣了，坐在榴閣故址的迴廊間，還能在視野所及的範圍中劃出不被打擾的一隅。遠處望去似乎依然是田田綠葉，近觀則莖折葉敗、殘枝縱橫，在沒有陽光的午後，給人的不是水湄的清幽靜謐，而是淒清寂寞。

思想、品味讀過的這位文學女子的作品……彷彿聽見黃峨的輕嘆。即或在詩與散曲裡可以縱心傳情、暢意揮筆，於「禮法」、「責任」、「大體」的規範下，生活上選擇的是孤守榴閣，為了不願子姪輩探察到她感情的真貌，甚至刻意毀去了很多詩草手稿。雖然當時的文人都佩服楊升庵的多才，在散曲一道，狀元娘子黃峨的才情高於狀元郎，是盡人皆知並承認的事。名父首輔楊廷和大學士之子楊慎在有明一代，被公認學問最為淵博、作品最多、文才最為全面，又是正德辛未科的狀元，時人及後世說榴閣是他的住所和讀書之處，應該不完全算是事實。因為嘉靖三年「議大禮」領頭抗爭，兩遭廷杖後謫戍雲南永昌衛，三十七歲去了雲南，直到七十二歲悲憤交加而病故，並沒有被赦還。因此，實際上長居在桂湖之濱榴閣的，是他的文學伴侶：才女黃峨。

誰說王子和公主從此都能過著快樂的生活呢？楊黃婚後僅有五載的好時光，楊升庵遠戍

雲南後，黃峨曾到戍所相伴三年，後來奔楊廷和之喪返里，為主持家務而留了下來，以後便是遙隔數千里的日子；結褵四十一年，卻有三十年以上是兩地相思的歲月，他們的快樂很短暫。這故事曾讓他也為之唏噓。

積雨釀輕寒，看繁花樹樹殘，泥途滿眼登臨倦。雲山幾盤，江流幾灣，天涯極目空腸斷。寄書難，無情征雁，飛不到滇南。

這曲調寄「黃鶯兒」的〈苦雨〉，重點在無以遣懷，將思念送到滇南，雖未形容重雨洗打殘荷為孤獨生活伴奏的淒切，但見到那大片殘荷的第一個感覺，便是隔窗獨聆雨刷殘葉的滋味。長她十歲的楊慎又早她十年去世，那十年的孤寂，連分擔痛苦、回應相思的人也不在了。之前，黃峨曾寫過一首詩〈寄外〉，傳誦於後代：

雁飛曾不到衡陽，錦字何由寄永昌。三春花柳妾薄命，六詔風煙君斷腸。曰歸曰歸愁歲暮，其雨其雨怨朝陽。相憐空有刀環約，何日金雞下夜郎。

楊升庵遠戍客地的日子不好過，但紀錄上都說他以詩酒抒懷，縱然他在作品裡有「費長房縮不就相思地，女媧氏補不完離恨天」的喟嘆，他仍在雲南留下許多作品與史蹟，除了與家人分離外，日子應該不會太難捱，然而黃峨卻長時間自囚於故宅之內。幸好她有文學可以寄託，否則日子要怎麼過？

見到那一塘枯荷，不是同情而是將心比心，儘管相距四百多年，那樣的感覺，冥冥中似有牽連感應。那一日訪過升庵祠，聯想的翅膀飛了起來，情緒頗受影響，連去「陳痲婆豆腐店」大快朵頤的約會都意興闌珊。那人取笑我真是替古人擔憂。

僅僅三載之後，好友贈我一幅豔秋圖，卻已是眼中有紅葉、心中是殘荷，直到今天還是如此。幸好棲身於鬧市的水泥箱子裡，夜雨洗窗扉的聲音縱有三分淒涼，將電視的音量調大些就聽不見了。幸好，我是現代人，有電視機！幸好，我的窗外沒有那幾頃荷塘！

長青的老松

又是這樣的季節，該進園探你的時候。每次來，除了花束，還帶著屬於你的，我的迴思與記憶。

進到園裡，沿著左邊的路走，看見那間四角頂的小屋後向右轉，在第一個岔道左彎，兄到那兩棵偉岸的大樹就到了，園子縱然遼闊，也不會迷路走錯。

陽光灑在已經綠透了的草地上，原先被你留下的橫逆折磨得陰暗一片的心境，立刻敞亮起來，尤其看到那兩株雄偉陽剛的大樹，彷彿獲得庇蔭和依靠。

我想你應該還記得，在你入住之初，我曾在好天氣的時候帶上書、水和小凳到樹下相陪。其實，我並沒專心讀書，倒是細細端詳、研究了這兩個「大隻佬」，這兩個我圍抱不了的樹幹，絕對有一、兩百歲吧！但為什麼沒有一絲老態？對於植物的辨認，我實在低能，因為他們常綠、不落葉，加上他們的樹型，我認定這是兩棵老松哥；瞧著他們旺盛的生命力，

不該是松爸爸或松爺爺，只能是松哥哥，就像最初和我走在一起時的你。

還記得嗎？有一次你點著自己的鼻子說：「嘿嘿！叫我叔叔！」然後又列舉了數個是我父執輩朋友的名字。「你喜歡嗎？你願意嗎？你肯嗎？」我的確是得理不讓人地反問，最終你啞口無言，縮了縮脖子表示認輸；你當然不肯，傳統、古典如你，假使「名銜」被定死了，你就絕了自己的希望。

相信你一定同意，這園子裡最美的時節是雪後。空無一人，繁花綠葉都不在了，除了近處忠心陪伴的松哥兒倆，眼望處都是潔淨的純白。你知道嗎？那不經意掛在叢叢枯枝上的雪絮特別美，那樣的調子就像你所最愛的淒美。在那整園無瑕的白天鵝絨上踩下幾腳，實在是種罪惡。三年多的時光裡，積雪的日子我只去過那麼一次，不僅僅是畏寒或者怕在雪地中摔倒，而是我不想做摧毀那幅雪畫的壞人。

你曾說過，在情感世界裡，淒美是美中之美。你我不小心撞到一塊兒，有過數度的天人交戰，你最怕的是害了我，因為在年程上你確實已走進了晚歲。最後，我們還是拋開一切顧慮，走入同一個家門。明知已向晚，偏向黃昏行！是否這樣的結合，在潛意識裡滿足了你一生嚮往追求淒美的心願？你該記得的，我們曾說有三年就很滿足。老天垂憐，我們共同生活了十年，但你在最後的日子裡卻三番兩次不滿足地流著淚說：「十年不夠！不夠！」

你大去後，只有你「姐姐」還常常跟我談起你。她形容你在她面前剖露你如何如何地……你好意思跟潘人木大姐說，我不好意思複述。確然，誰說我找了一個老伴，我便要翻臉，我豈是要「老」伴才能活的人！況且在我同你相守之前，自認是最逍遙自在的中年單身貴族（比少年、青年更多一分不必對任何人負責的隨興），根本沒想過再找一面「枷」把自己鎖住。可是碰上了，躲不掉，只好認命。就像我對那位追著問的記者招認的那樣，坦承被你的篤情、迷情所擄，甘心作了俘虜。

我們以為這一份情是超脫的，和其他人無礙也無關的。不幸的是，我們都是俗世中的凡人，周遭牽牽連連，便把我們套裝在俗世規則中，歸納到「老傢伙的愛情」的事例裡，讓一些瑣碎增添我們的煩惱。我們時常嘆息，不管在鄭州還是武漢；不論去成都還是遊北京，在純然的兩人世界，身心最無牽絆罣礙。哪怕兩人走在馬路上合啃一個餅；臨時起意買個小鍋，端一碗路邊攤的牛肉麵，帶回旅館分食，都覺得是在享受人間美味，樂得不得了。但人間事，往往由不得自己呀！有時你會心情複雜地追著問：「你是不是後悔了？」、「你後悔了吧？」不是不苦惱，但沒後悔，也沒法子後悔。我曾跟你「姐姐」表示過，我願意和你在一起，但的確覺得不該跟你到法院走那一趟，只不過如果沒有那張紙，名不正言不順，我又怎能依你之願，將來到老松樹旁陪伴你呢？

天空一片純淨的藍，不帶一點雜質，地上滿鋪了翠綠的草毯，雖然園內的花還沒開全，樹木也才發芽，但縱然是清明時節，卻絕沒有「路上行人欲斷魂」的感覺，春光依舊燦爛！豔陽下，我帶來的粉紅玫瑰顯得格外水靈嬌麗，抬頭望望，卻仍不如那兩棵挺拔壯實的老松神氣、具有風采。

是頓悟吧？我的心情忽然好了，不那麼難受、難堪了。也許正因為你的濃情，才讓我遭受到他人嫉忌的報復吧。為你，我承受了。你應知曉，我是為你忍受的。其實，以前你也知道我為你忍受過多少；過度的忍耐是一種煎熬，從現在起我不再煎熬自己，每當苦悶難捱的時候，我就去看樹，看那兩株老松樹！

那白色的保護傘

曾經「情況欠佳」，躺在ICU的病床上，腿不能動，心卻甚明，想到了「結束」，不由得撥動起良心的算盤珠子來，為自己的一生結算總帳時，似乎仍有未曾徹底清結的不安。一個久遠的影子竟從記憶裡飄了出來；的確是過了太久，很不清晰，但確實有那麼一個白色的影子，正對我俯視著。是在等待我償債嗎？

突然驚醒。啊！我竟然睡著了。真有兩位身穿白衫的人正站在床前望著我。他們要為我在鎖骨下開一個注射藥劑的洞。半個鐘頭後，近右鎖骨處多了一串像聖誕燈泡的的東西，手術完成。兩個白衣人走了，那白色的記憶卻沒有離去。

當時在驚窘恐懼的無奈下，就是那一堵白色的屏障阻隔了災難。

學長究竟姓什麼？姓黃、姓王還是汪？不知道，或許都不是，但至少一定是學長，不會錯的，因為常常在同一棟樓裡上課，並非同班，也還沒有低一班的新生進來。那年頭即便是

新潮人物也很含蓄；我感覺到，有雙眼睛注視了我將近一年之久。常常在校園裡走著，不經意一回頭或一轉彎，正好看見那個細細高高的身影就在身後的不遠處；一抬頭就瞧見二樓倚欄「檢閱」來人的他，或者多次在上下樓梯時不期而遇，蒙他垂眉低覷地避道讓路。

被人盯住的滋味很不自在，但我很自在，因為打算裝作不知道。也許有人會抬槓說：「你不看他，怎知他在看你？」我當然是看了，大家對他品頭論足時，我雖未發表意見，至少也在一旁。誰會不看呢，獨來獨往的他，長得比一般男生高出一個頭，又那麼白淨；穿得好像外國畫報上的人一樣，冬天還戴一頂和圍巾同一花色的法國便帽，在一大堆老練的、世故的、青頭楞的、土包子的男同學中間，顯得非常特別，尤其走起路來還一扭一扭地。C就說：「那個香港僑生很娘娘腔耶！」難道是因為這樣，我就從未正眼瞧過他、未跟他說過一句話？

又一屆的學生入校了，我不再是最吃香的一年級新生，況且因為一次不當地處理個人事件，幾乎成了眾矢之的，我變得十分收斂，刻意逃避一切關注的眼睛。也沒再見到那瘦長的身影，在身前身後晃蕩，也沒在系館裡再擦身相遇過。

世間事經常在變，只有從城中區到學校是乘三號公車，是多年未變的。那個年代，從書店街回學校只能搭這路公車。車上總是擁擠不堪，於是有些「有病」的傢伙，很愛在車上欺侮女孩子。那一次碰上了，而且情況惡劣到超乎我經驗與聽說過的。那天車裡並非最擁擠的一次，一個粗壯的男子卻故意湊了過來，趁著車子晃動時，肆無忌憚地往人身上貼，最後幾乎要撲在我身上，偏偏背後還有其他人，我已後退無路。當時已是夏季，蒸騰的熱氣和汗臭味，讓拉著吊環站立的我無處可躲。厭惡、氣惱、害怕、噁心，卻不知如何是好。想叫、想罵，但想起宿舍同學被人侵犯，還被調侃、取笑，受到雙重傷害。不想和那「瘋漢」一同出醜，怎麼辦？

這時，一個白色的身影越過數個人走了過來，他伸出長臂，從我與那「瘋漢」中間切入，用手拉住了橫杆，然後一身潔白的他強行插身，阻隔了那齷齪的傢伙。學長身形高大，正好將瘦小的我罩在那白色的保護傘之下；他始終保持著那個姿勢，任憑車子晃盪，直到和平東路一段的校門口。車到站了，我不知是出於什麼心理，是害羞還是慚愧？或許看了他一眼，又或許沒看。總之，竟一語未發便溜下了車。

那樣的情景，是一次偶然，所以不知如何應付；學長那麼做，不該是必然，但是他做了，我卻等閒視之，無禮地毫無回應。為什麼呢？這很不像我會做的事，可是我還是做了。真不可原諒。

躺在病床上，玩回憶的遊戲，一點一點撿起來拼在一起，是個完整的故事；覺得自己那

次確實犯了傷人的錯誤。雖然以後仍然可以對他不理不睬，但至少當時應該向他說聲謝謝。他那樣挺身而出，或許是自然反應，沒考慮其他，但對抗那身高體壯的「狼」需要多麼大的勇氣，否則我身旁不是沒有別的男子，為什麼他們沒有一人肯說一句話？

可能是ＩＣＵ更接近天堂與地獄，人之將「死」，其心也清明，不自覺地就想起那不知名姓的學長。想到他，心中有很多的虧欠和抱歉。

還陽了，出了ＩＣＵ也出了醫院，那感覺卻依然藏在心底。很希望能有機會，像那次在公車上巧遇一樣，哪天在街上、在市場、在購物中心、在機場再遇見他，大方、真誠地向他說聲謝謝。只是隔了這麼多年，他還能記得我，我還能認得出他嗎？

不曾再見

他和我非常喜歡玩捉迷藏的遊戲，但我總是以逸待勞，等他來找我。

「嘿！猜我是誰！」

「不用猜了，我知道你是大曲。」

動不動就打電話來，說著一口日本腔國語的人，只可能是他。

「老師，我又來啦！想吃紅燒蹄膀，還有那個辣辣的苦瓜炒肉……」只有他，不僅登堂入室，吃吃喝喝，還跟家裡的三個娃娃玩鬧成一團，任憑幼兒騎在脖子上，口水滴進他的頭髮裡。

一年一年過去，有時一年找幾次，有時幾年找一次，從青年到中年，歲月就這樣在尋找與驚喜中流逝了。

到美國探望兒子，為返臺過境東京小憩，我第一次主動找人，卻得到一封「urgent

document」，寄到那已長大的小兒子那兒，小男孩已是研究所的學生。大曲說知道了我的行程，並說若能實踐舊諾，願意在日本與他一會的想法。在北京擔任大商社主管的他趕不回去，但已安排好到橫濱他家裡作客的事。

回想起來，潔子「等因奉此」地招待後，透露出被打擾的口氣：「好了！我丈夫交代一定要接你到家裡來，做最好的菜招待；一切最好的我都做了。」她在駕車送我回東京的時候這樣說。是因為兒子正在準備隔年春天的大學入學考試，而覺得增加了麻煩，還是大嘴巴的大曲把那一回話題的結論告訴了潔子。因為他當初拒絕了恩師村松教授的介紹，還振振有詞地說：「趙老師分析過，我的性格不適合年齡相仿的妻子。」其實我們閒聊時，完全和潔子無關，那時他才剛和一位滑冰選手分手不久。這傢伙竟把我的泛論，當成抵抗父母和指導教授強大壓力的金句，不過我的意見確實常獲得他的信從。其實我和他年歲相彷，閱歷還不如他。

第二次再主動找他，他不玩了，找到的是一個噩耗。他已去世十一年！深沉的憾歉疼痛，像一根巨棒迎頭打下。我做了太糟糕的事，一九九六年，他曾到臺北找我，那時正好是教授七年一次的休假，我人不在臺灣。暑假將要結束時回到學校，系辦公室秘書告訴我，有這麼一位大曲先生找過我。當時的確感覺有點可惜，他到臺灣一趟不容易，卻失之交臂；已經好久沒和這位摯友說說心裡話了。但想著這次不行還有下回，若是想見我，自然會再找上門來，所以沒有立刻回應。況且把自己「賣」給日本大企業的人，折損得厲害，無事去打擾他，無異是增加他的負擔，真朋友要為他想；他離五十八歲退休的限齡沒多少年了，到那時再敘也不遲。誰知，竟再也沒有下回了。

就那麼年復一年地過去，他始終沒來。他也過了五十八歲，應該退休了，卻還是沒來！待我料理好家裡諸多的勞神費心的事，可以騰出心思去想想朋友時，便寫了一張賀年卡給他們全家，信到橫濱原址，竟退被了回來。

我很不安，一定出了什麼事！於是開始鍥而不捨地找人……找！找！找！拜託朋友查出了下落，原來他在到臺灣找我的同年就病故了。他的家人已遷走了三、四年。啊！真是悔憾極了。我了解他的性情，必定是在最後的時間裡，想溫習他年輕時候度過快樂時光的臺灣，同時向故人告別。難過了好多天。不再是師生、已變成永遠的朋友的他，就這樣走了。

幾經遷居，舊時物品淹的淹、丟的丟，連一張照片都沒留下，他只能留在記憶裡。唔！還有一對珍珠耳環，那年臺日關係改變，他以為再難見面，送給我當紀念品。在一篇文章裡我喟嘆友情一如珍珠，日久之後是會褪色變黃的，後來他不知在哪裡讀到了那篇文字，不久後寄來的賀年片上寫了一行字「心裡的珍珠不會變黃」，事實上那對耳環確實到今天依然溫

潤晶潔如新。

曾是很好的記憶也是很壞的感受。才二十幾歲的人霉在家裡耗損心智、浪費生命，於是開始寫點沒名沒姓的文章、教點不用本行專業的課程；之後做海關史研究，才發現洋人代管的「新關」的人事紀錄中，有一個僅僅高於雜役轎夫的職稱「教讀」，屬伺候洋大人學華語的品級。時空轉換，社會的價值觀沒改，還把這些兢兢業業的從業者看成教八哥學舌的「馴鳥人」，而不定位於語言學的層次。最初我還很天真，有理想和使命感，也真教出一些有出息的學生，但面對職業尊嚴的內心要求，越來越令人沮喪，於是決意放棄這行當，轉換了跑道。

據說當時日本留學生比較了解中國文化，最為挑剔，從師資整體素質到課程設計都有要求，語言中心主任便以日本菁英錘鍊我這新進教師。那時經常出入我家門庭的就有四位近年日本駐重要國家的大使。但真如家人一般相處的，就只有大曲一個。所以得知他就在那一年「遠行」而我卻不曉得，我會憾、會悔、會痛！

整理照片時，一盒盒地倒在地毯上篩選。老天！竟出現了好幾張團體照與家庭照都有大曲的畫面；最晚的一張是他的兒子照彥猶未出生、一家三口的全家福。算算那時他三十出頭，後來的年月裡，他假公濟私跑來看我都是匆匆忙忙的，沒拍過照。他的形象就停格在那個時期。

一九九六年我們沒得一見，他沒見過遭人事捉弄、歲月磨損後的我，我也沒見到提早折舊、疾病在身的他。我們所保留的都是盛年的美好記憶。

這是天意吧！我不再譴責自己的輕忽，不再長陷於懊悔之中。替我尋人的文友華純特別從日本寄來了一張ＣＤ給我，他說這首秋川雅史美聲唱出的〈化之千風〉可以止痛。他把歌詞大意告訴了我。是的，至少在紐約可以消除一些痛苦，因為紐約風多。

請別在我的墓前哭泣
我已不在那裡，不在那裡安眠
我已化之千風，千縷風啊
吹向那無邊無際的長空

秋天是一道陽光照著田野
冬日是雪地裡閃亮的冰凌
曦晨變做一隻報時鳥，輕喚你醒來

靜夜化做一顆明星，守護你的平安

啊！別在我的墓前哭泣
我已不在那裡，我哪裡會真的死去
是化成千道風，千道風啊
向那高空飛去，向那高空飛去

在那之後，走在路上，一陣風吹來，我不再縮頸低頭，任之自由地吹著。心裡唸著：

「老友，知道你來了，風別吹得太強，你應該記得我怕冷，你臨行前曾把那個特別暖的暖爐留給我，我一直用到水災時它壞掉為止。

又是一陣風，我抬起了頭，是老友來了吧！

輕輕地，唱一首我們的歌

Blue is the sky, I tell you Poema
True is the love, I gave you Poema
All the day long I'm dreaming, dreaming of you
Nobody else than you sweet is the kiss you gave me, Sweet heart
Sweet is the love you gave me, Darling
You don't be alone inside your home, my own Poema!

〈Poema〉是一首夜曲形式的小歌，詞句非常簡單，但旋律極其浪漫優美，尤其當那柔情的樂音輕輕唱出，心頭如有醇酒般的小溪暖暖流過，無法不讓心弦微微顫動。因為歌者在反覆低唱中，把「Poema」易為「Stella」。

Stella，一個曾經的名字，她為了擦淨被污染的記憶，連同這名字一起清除了。好友W去世後，他的遺孀把替小時候同學保管的一包歌頁寄回給Stella。Stella曾因有不便保有的困擾，把那些獲贈的「寶貝」，轉託付給兒時的哥們兒；她捨棄了一切過去，卻捨不得拋棄那些歌本，那久遠之前獲得的重禮。物換星移，人事滄桑，這些歌頁又回到她的手中，翻開來檢視，油印的、手抄的，厚厚薄薄、大大小小的紙頁，〈Poema〉竟仍在其中。Stella雖已鍛鍊得如入定老僧，凡事不再動心，見到那些長短不齊的紙片，她無法不憶起那悸動心弦的低唱。

非常喜愛西洋歌劇中的詠嘆調，但只喜歡聽，不想看舞臺上的表演，不願因為某些歌者的扮相與聲嘶力竭的表演形象破壞歌樂的美感；喜歡大合唱的氣勢磅礡，參與演出的成員，固然會因為那樣的現場而產生人樂合一的激情與熱情，聽眾也會因為那種氣勢而震撼、感動，但都是客觀地欣賞，不至迷醉。歡而歌之，眾樂、獨樂都樂，不過性格鴨霸的人不適合加入合唱，在合唱的團體中，最忌諱在和諧的歌聲中出現特別突出的聲音；合唱的最大好處，是學著讓自己與人合作，在樂曲之美上創造協諧無瑕的境界。

人類是有歌的動物，無論抒懷、讚美、歌頌、歡慶、激勵、述悲、示情，歌韻都是最有生命力的、傳輸表達的載體，可惜的是，歷史的扭曲讓廟堂雅樂以外的歌，在樂戶、瓦舍、勾欄裡寄生成長，朝朝代代，有很長的年月都淪為抒放形而下慾求的風月商品。社會中有一半以上的良家女子、正人君子，被禮教剝奪了享受這種娛己悅人的樂趣的自由。時代終於變了、開化了，男女老少都可引吭高歌，甚至可用歌唱作為鼓舞士氣、振奮人心的利器。到如今，則是歌聲氾濫的時代，只要我喜歡有什麼不可以！只要願意，管他是否五音不全，都可以放開喉嚨盡歡，哪管他人的感受。

純欣賞也痴迷過。那年，還住在山下的大學村裡。盛夏的午後，最宜晝寢，忽然，隔牆的鄰舍傳出了擫笛而歌的曲樂：「舊時月色，算幾番照我，梅邊吹笛？喚起玉人，不管清寒與攀摘。何遜而今漸老，都忘卻、春風詞筆。但怪得竹外疎花，香冷入瑤席。……」是南宋詞家姜夔的〈暗香〉啊！我久知白石道人是少數能自度曲的詞人音樂家，且許多作品有幸都留傳下來，卻沒想到有一天真能聽到。怎麼會這樣美！彷彿從遠遠的山谷飄來的帶著花香的天籟，走入了人間，雖已謫落凡塵，卻仍有著仙樂的脫俗。那柔婉膩麗的女音，美得叫人掉淚！若不是在鄰家的屋內，而是在西湖畔的柳蔭下有這樣的歌會，又會是怎樣的景畫情韻？

一闋接著一闋，〈疏影〉、〈淡黃柳〉……，我躲在院牆邊的桂花樹下聽得痴了，忘了晝寢、忘了暑熱，忘了偷聽壁腳的不該；多麼荒唐，儘管是在自家的院子裡。也不知站了多久，直到再無歌音，知道這場精緻的歌筵已經結束。事後那位詩詞教授倒沒恥笑我的荒誕行為，反倒送了我一捲女弟子表演的錄音帶和全部的歌譜。可惜只聽過一次，便被一場水災泡

壞了，但洗不掉的是那不時迴盪在心底的感覺。

蕩氣迴腸是種感覺，卻不一定會興起心動的感應。非常巧合，在一生中的不同階段，試圖或真正共相聚守的人，都曾用動聽的歌喉和廣博的歌趣，尋求和我之間的共鳴。不是那種KTV式的放浪形骸，而是挑戰喜愛的歌曲，輕輕地唱著。歌曲變成了另一種心靈的共同語言。即使是十足的陽剛性格，有了柔軟的心境，也可以收斂起黃鐘大呂，低吟蓄情的曲調。

就在昨天，終於把那首民歌〈偶然〉學著唱完全了；這是一個諾言，就算人不在了，也要信守承諾。「……讓我們並肩坐在一起，唱一首我們的歌。縱然不能常相聚，也要常相憶。天涯海角不能忘記，我們的小秘密……」，僅是聽過，從來不曾去學，最後兩句就是理不順，昨天特別請人教會了。

原本並不怎麼喜歡這首歌，覺得有點俗世小兒女的矯揉造作。然而過著小市民的小日子時，俗趣也變成了情趣，於是不反對把它變作我們的歌。當然，這是不急之務，可以慢慢來，但是慢慢，慢慢，慢慢……便再無機會。

既然是曾經相約要一起唱的，便要履行承諾。

「……你悄悄地來，又悄悄地走，留給我的，只是一串串落寞的回憶。」

是啊！不能並肩坐在一起，仍然可以唱一首我們的歌。

凝眸

最後，我穿上了那雙漆皮高跟鞋。於是，他對榮說：「好了，你們在家自己照顧自己，這個重要約會是早跟人定好的，非去不可！我們走了。」我一句話也不敢說，因為撒謊太不容易，雖然是善意而無傷大雅的謊言。

我們就這麼把那才從長白山山溝到臺灣探親的母子倆丟在家裡。他的「老妹子」不以被暫時「拋棄」為忤，笑瞇瞇地看我們鄭重著裝打扮，儘管是偏遠地區的鄉下人，也會得體地讚美。面對稱讚，我不出聲，他只傻笑，唯恐一出言就露了餡。出了門，終於鬆了一口氣，頗有點手提金縷鞋去與人相會的意趣。

在如霧的雨中倚肩向那兒走去，束身的絲絨長裙固然已難再現小腰一握的效果，仍可毫不臃腫地搖曳著優雅；從第一回起，去那兒必定鄭重且隆重地換上「正式服裝」，這已是極有默契的共同習慣，這次當然不會例外。這樣的「裝備」的確實不宜漫步街頭，但那兒只在

兩個街口外兩條大道交會的轉角處，無法叫車，只宜步行。況且，溫習的心情正需要慢步；不需要快，出門的時間早，一定要得到那個老位子。這最後的一次……已是四年前的情景。

後來，兩次回到臺北時經過那裡，總是盡量繞道而行。不是傷心，也不是難過，而是把持不住；即使只是途經那附近，遠遠望見，也會心顫神搖，彷彿身上的雞皮疙瘩全都站起來了。

那是一處不怎麼特殊的大飯店，臺北有很多類似的地方，只因為它座落在林蔭大道上，不屬聲色場所，除了賣場還有畫廊什麼的；常有文會之類的活動在那裡舉行，有一點文化氣息，進出的人士大體還算整齊，環境稱得上靜雅，我們很愛去。最最重要的是，它對我們有特殊意義，所以只要人在臺北，接受邀請時不算，每年都去上幾回。

一切都是無意的，不過是一塊兒參觀文物展覽，一塊兒造訪博物館，一塊兒鑑賞古玉，一塊兒論史書、談文學……所有可以跟「哥兒們」一起享受的趣味，沒有不可接受的。一名寄身於上庠，因終日穿梭於書房、課堂、研究室而幾乎放棄了最愛的創作的落寞心靈，有機會和朋友一同參加些活動，使生活多些生氣而無心理負擔，何樂而不為！

每次都是吃人家的。誰規定女子天生該吃白食呢？我該還一次席，於是我選了那個地方！那一日選擇那樣一個地方，除了因為可以避開中式餐館喧囂的壓迫，沒有餐後令人侷促不安的杯盤狼藉，餐罷可以喝杯咖啡，小坐relax一下之外，也因為學生不太光顧，不會碰上好奇的學生傳回學校，替師長編八卦；中年的女教授還是有被編故事的危險。

不過是兩客並不特別的西餐，只是另外要了兩杯紅酒。兩個從不喝酒的人要酒？可是客人點的，主人怎可小氣地表示異議？餐廳氣氛不錯，已開始上座，客人不少，人聲卻不大，聽得見襯底的音樂，柔軟人的情緒卻不會喧賓奪主，擾人細語清談。舉杯祝酒是必然的應酬過程，放下酒盞，接著應當是繼續切割盤中的食物。可是為什麼不動刀叉，只是那樣定定地看著，一動也不動地就那麼看著。怎麼可以這樣看人呢？我笑了，你看，我也看！我是怕人看的嗎？不行，有點令人心慌發毛，終於我逃開了，只能把目光投向眼前的酒杯裡。

那是一雙什麼樣的眼眸呢？按理說應該是老者的眼睛了，但不然！不錯，的確把幾十年的蘊藏都從雙眸中投射過來；沒有數十年的情感底蘊，不會奔放出意味那麼邃深，力道那麼強勁，那麼含蓄卻又大膽，那麼意義深長卻又小心地嚇跑誰的眼神。不是戲謔、不是邀寵、不是諂媚、不是濫情、不是逼迫、不是哀求、不是期盼……不是，不是，都不是！在說不出的東西之外，還摻雜了剖心相獻的勇敢篤定與不再掙扎、認命的悽迷。不敢逼視，只能垂目向酒杯裡尋求解套。

到底被凝注了多久？不清楚，心裡很混亂。事實上，當時那幾分幾秒就覺已是一世。抬

起頭來，他還是一樣的神情。

左閃右躲，算了，不躲了！就像不久後有一份文教消息所用的標題一樣，我被「俘虜」了。記者問我什麼，為了不遭誤報信息，可答的我都坦誠相告，但沒說「被俘」的關鍵，就是那次在那裡開始的。唉！從那時起，再也找不回一個好「哥們兒」。

共守了十年，送走了他，送他去了一處人人都必去的地方，臨別他啼泣再三，說：「十年不夠！不夠！」這十年，其實並非風平浪靜的十載，總有外在因素著意地衝擊、折磨著兩人，但都是枉然。人們哪知道，被那樣完整、充實、豐富、熾熱、具千萬種涵義的心神目語鍛鍊過的情感，豈會因為俗世俗事的瑣碎而棄離？

換了角色，曾被編成歌，天天用那中氣十足的渾厚男中音唱著，讓我又笑又氣又喜；我抗議過，但不是認真的。現在輪到我常會不自覺地學著他的調，吟唱著他採錄的鄉樂俚曲。有多少多少的事、多少多少的話語、多少多少的相契靈通、多少多少的各種曾經，都如同他所用的形容詞：「刻骨銘心」！

到周原鑽天下地的探古，獲得先睹為快的優遇。終於尋覓至涇渭合流的晾娃灘，辨明了爭議許久的何者清流、何者濁流的真相，樂得忍不住在麥地裡相擁雀躍。站在他故鄉中朝邊界的橋上，我一腳在中國、一腳在北韓；在中俄界碑「土字牌」處，我一腳在琿春、一腳在波謝特，是一般人少有的經驗，他為我攝下紀念的鏡頭。行過灞橋不是為了送別，而是讓灞橋煙柳在面龐上拂過，留下春日的記憶。隨著考古迷走過山山水水，跑到三星堆，到發現者的裔孫燕四哥家作客，隨著發掘的腳印走一回，把曾見到的陽剛的神秘之美與現場聯繫起來，確覺不虛此生。對文學欣賞殊愛淒美的野鶴，送他最好的禮物，就是伴他到新都楊家的榴閣，感應楊升庵與黃峨的生離與死別。這些都是常入夢的故事舊跡，但都不會令人心神顫震，只有那地方，不敢去想，正似抽屜內那兩捲他口述軼事「劫餘」的錄音帶，不敢去碰。

又是候鳥回去探視舊家的時候了。這次回去，是否去坐坐老位子呢？不敢！還是不敢啊！

夜曲四唱

觀燈

上燈時分，我拉開了窗簾；大家都說這個舉動怪異，人家都是燈火亮起，便連忙拉緊了窗扉。其實這一點也不奇怪，反倒是我的幸運所在：棲身的處所，雖難逃被裝在都市水泥盒子裡的宿命，卻幸而沒有另一堆水泥盒子擋在近處。我阿Q地想，至少我可以享受至低限度的視野自由。

當大筆潑墨染黑了人間世界，霸佔陽臺的野鴿子群不再來欺侮，同時也掩蓋了陽臺上群鴿肆虐後的狼狽，能見到的只有遠近的燈景。穿過層層的黑幕，我可以一眼望到那個都市象徵的銀光閃閃的大地球，還有其他更遠更遠的背景。假如不挑剔的話，這畫面是美麗的。

我對美的標準並沒有降低，而是享受美的慾望有了彈性，世間不全是絕對的事，就像昔年我還住在那山村裡，很多人嘆息我居所的不便，我卻強調那山野淳樸原色的清幽，尤其雨夜佇立頂樓的時候，迷茫霑溚中，就連單調的路燈燈柱，都變成枝枝的銀色百合。

製造髒亂和噪音的本領是紐約人的特色，但當萬物都入睡時，黑色的帷幕遮蓋了天地，即使最凡俗的光亮也是溫暖而柔美的。從樓窗望出，那些長短錯落的水泥盒子，佔據了午夜靜畫中一半的畫面；並非純黑，偶然還嵌鑲著稀疏的小金點。自「畫框」的左邊向右邊掃描，繞著大地球的燈都是淺黃到深紅的，似乎在襯托那大地球的獨特。當然要是本城有點什麼大小事，那片燈群處便會忽然囂張地冒出一圈圈、一簇簇耀眼的光芒。斯時，大球縱非黯然失色，也被減去許多威風。不過我只記得大地球，因為與我長相廝守的，是那始終靜靜望著我的大球。

向右看，帝國大廈僅卑微地露出一個頭頂，倒是再右邊一點的遠處，斜畫一筆，是一大串搶著眨眼睛的彩色琉璃，絕不典雅，很俗常，但俗常得親切暖心，我猜不出那是通向曼哈頓的哪一座橋，反正不管是哪一座，白日裡都是醜醜髒髒的。

長久觀燈也有心得，在我的蝸樓樓窗前，是放煙火時最好的看臺，不管在哪個河邊或公園施放，都看得見；感覺上，甚而某些節慶，那煙火幾乎是撲窗而來。以前他在世的時候，總愛拉著我一同觀賞，我則只是湊趣，不很欣賞，因為不喜歡那種華美表演後的空虛。

燃燭

忽然，地區性的小停電。不只是不便，這樣一個城市陷入黑暗，什麼事都能發生。很多人怒罵、埋怨；有人檢討，還有人誇大地預言可怕的下一次。我什麼都沒做，上一回紐約大停電，我也什麼都沒做。那次，儘管市長彭博一再呼籲，為了防火最好不要點蠟燭，我還是在玻璃杯裡燃起了一支。我把那杯子放在靠近窗戶的高几上，目的是讓樓外的人可以看到這一星燭光。事實上，這麼做極可能只安慰了自己，但我在黑暗中給人燃起了一支遠離孤獨恐懼的燈火。

又要提「我還住在臺北木柵那個山村」的年代了。正如媽媽常用的妙喻那樣，「窮漢子得了狗頭金」一般，寒素書生終於有了書房和書庫。尤其當家裡剩下我一個人的時候，認命之餘，心中也有著滿足。因為我可以使用兩間書房，天臺上還有一個約五百方呎的書庫；書庫外圍繞著屋頂花園。

澆花是功課也是沉重的身心負擔，但是到書庫尋書、找資料，卻會帶點虛榮的快樂，唯

一美中不足的是，由於書庫是外加的，為了遵守不破壞大樓結構的諾言，必須從公共樓梯登上天臺。

大颱風後好不容易恢復了水電，原不必上樓澆花，需要找份資料便上了天臺。誰知工作完畢出來，剛鎖好門，電又斷了，頓時被無邊的黑暗包圍住。是不是全世界都死了？青山在哪裡？小路又在何處？怎麼那些花花樹樹全被黑暗埋葬了，連近鄰的小學屋舍都看不到一點邊緣。黑色的地球，彷彿只留下我一人。那黑壓得人喘不過氣來，連動都不敢動，全身像被釘子釘牢在地上，連姿勢都不敢變換。這樣的一瞬，有如一世紀那麼長！

就在無助又無望的當兒，一點一點暗紅的微光，從遠近一個個窗口亮了起來。老天！我還活著，沒有被那強大的黑暗擠壓到窒息而死，也沒有被這世界遺棄。哆哆嗦嗦地，摸索著回到樓下，眼淚不停地流，初次體會人為何要敬畏大自然，也更深層地了解感謝的意義。感謝聰明的燧人氏，感謝那一個個亮出燭光的窗口，感謝那些燃燭的仁人君子們。

歸巢

新來乍到便被諄諄叮囑，到了傍晚應該如何關門閉戶，避免外出，有事在外，入晚須趕快回家等等。其實不用囑咐，此身如寄的感覺，本來就令人不願在外流連，所以許多文章之會、音樂之會、戲劇之會，都只能婉謝了。偶然有那解意的仁者，肯以車接送，去享受一場文化、文學饗宴回來，在燈影中下車，奔向大門，那短短的幾步回家之路，竟讓人有歸心似箭的感受；進了樓門，甚至覺得連doorman的例行招呼，都有家人的感應。

開門進屋，踢掉鞋子，伸長雙腿，往沙發上坐下，舒一口氣，啊！無限自在、無限安心、無限幸福！我到家了！

前幾年猶在職場，每周八小時的四門功課，總會搭配一班夜間部的課程，下了夜課，坐上公車，穿過很多大街小巷；鑽過一、兩處隧道；停停走走過算不清的紅綠燈，心裡有一長串的追求，追求那個給心憩息的家。如今的追求，僅是幾個街口或幾步路，但期待依舊是相等的。我還有家，即使是在異國。

晚課

多少年了，違反常人之規的習慣也成了正常的習性。不管在哪個年程、過的是什麼樣的生活，無論是對誰、扮演的是家中的哪一種角色，我都順應、彌合得很好，甚至頗肯屈己從

人，唯有夜晚的頭腦體操，不管別人怎麼勸，也不肯放棄。

古人說雪夜擁被讀禁書是為至樂，我非常能夠領會。在我的生活圈子裡找到的禁書不多，但去掉一個「禁」字，那樂趣也是相同的；有喜讀的書陪伴著，都是快樂的，夜讀乃是更高的享受。

從八歲開始啃讀話劇劇本和福爾摩斯探案，初嘗「享受」的滋味，閒書的閱讀已屬家法之所禁，閒文的書寫亦不得不於暗夜偷偷為之，這就成了難改的喜好，也練就了愈夜愈清醒的頭腦。非常懷念各報副刊運勢盛旺、大門洞開，可恣意執筆揮灑的好年月。

曾經說只欲短痛不欲長痛，發誓絕不寫長篇小說。向長篇小說挑戰，是激將法發生作用的結果。於是調整生活程序，過了三、四個月，諸事如常不減，外加每晚苦寫五、六小時的日子，絕大多時候是從晚上九點寫至凌晨三點擱筆。一周總有兩天，三點方就枕，六點四十已走到車站，從城之南郊趕向北郊的學校上早晨八點半的課。二十一萬字的長篇《松花江的浪》就是在這樣的情況下完成的，回頭看來，真不相信自己能有那樣的毅力。

但這養成了我一個不算健康的習慣，夜貓更夜了！即使什麼都不必做，空想也好，偏要拖拖拉拉，到兩、三點就寢，才覺得沒有浪費光陰。因而多了很多觀燈、夜讀、冥思的機會。尤其，書寫心的語言，是愈夜愈清明。

載不動許多愁

有幾回去參加「隨緣」的讀書會，主人家的大胖貓在巡行一陣之後，也學那隻小狐狸狗在我的膝頭上趴下來，好像準備要睡個好覺似的。我頓時手足無措地向牠的主人求救。主人把貓抱走以後，總會引來一番取笑，說我越是怕牠，牠越要跟我親近。說我怕牠，也不算錯，因為牠一跳到我身上，我就會覺得心裡悸動，六神無主，頭腦糊塗起來，什麼都不對了。牠那麼偉岸雄壯，一身虎斑，完全不像我曾有過的那隻貓貓，那隻讓人偏憐的小花貓。

年輕的時候，是個十足的理想主義者，主張「高級」知識份子應該勇敢地回到家庭。為此與學校的生活輔導員大唱反調，主編婦女節特刊時更特別強調了我的「理論」，把獨身的吳女士氣壞了。我一直抱持著這個理念，因而才踏出校門兩年，便有了兩個女兒。一心只想經營好我的家庭，連現有的教職都想放棄。溫暖家庭該有的一切，我都想擁有，精神的與形式的。

母親說在他青春少艾的時代，北平的大戶人家還留存前人的遺風，大宅門兒裡，天棚、魚缸、胖丫頭是不可少的點綴。人在臺灣，大環境穩定已久，雖然高唱克難運動，大家還是願意日子過得有趣味些。鬧中取靜的舊宅院，那年齡將近我的兩倍的榻榻米房子，門角都被磨圓了；窗櫺的漆色已被歲月洗淨，依然頗有寧靜小家庭的格局與情調，尤其是寬大的前、後院，院內有不知名的大小樹木，還有芭樂、木瓜等果樹。沿著院牆低栽牆邊的，除了玫瑰、海棠，還有不需照顧的美人蕉。兩個女娃兒，一個十六個月，一個四個月，這個生動活潑的小家庭裡如果再有隻小動物，將會增加更多生活的樂趣。

原先想養一對小白兔，白兔溫馴和平，一定能和小娃娃好好作伴。但同住的姐妹提出警告：兔子的繁殖能力不可輕忽，到時養沒多久，院子裡就成了兔子窩。這個念頭打消後，忽然發現臉蛋圓圓的大女兒笑起來眼睛彎彎的，像隻有趣的小貓咪。我決定要養一隻貓！便向朋友發出通告，要替女兒養一隻貓，一隻不會生出一窩窩小貓的公貓。就這樣，貓貓來到了我家。始終沒有為牠取一個正式的名字，大家都按著剛會說話的孩子的語彙，就叫牠「貓貓」。

朋友把一隻斷奶不久的小貓分給了我，牠的身體是白色的，四隻小腳丫上帶點黑色花紋，頭頂上顏色更豐富些，還有淺黃與茶棕兩色，像是戴了一頂小花帽，從帽子裡露出了兩隻白耳朵。一家人包括「管家」阿英在內，立刻都喜歡上牠。牠成了貝貝、豆豆之後第三位被關愛呵護的一份子。由於牠還很幼小，不論我還是阿英上菜市場買菜，買貓魚都是重要的任務，再三諮詢行家，就怕買錯，傷了牠的腸胃。有人提醒我，孩子太小，要注意貓貓的腳爪，必要時應該要修剪一下，或者銼一銼，以免孩子和貓貓玩耍時受傷。但我沒忍心那麼做。

牠來到家裡，大家興奮了一陣。但才不過三天，每個人的身上都癢了起來。難道大家都皮膚過敏了嗎？又過了兩天，每個人身上都起了紅點，最後在榻榻米上發現了跳蚤。糟糕！貓貓把跳蚤帶進家裡來了！

無論別人怎麼埋怨，我還是忍耐，只在夜間將牠關進廚房。不情願的貓貓不時叫上幾聲表示抗議，這也犯了眾怒，好不容易「夜哭妹」豆豆唱完了一百天的夜戲，大家可以安穩地睡覺了，誰知貓貓也有同樣的習性，真是情何以堪。這暫且不言，貝貝尚不知如何與貓貓這個「會動的玩具」相處，貓貓跳上跳下，她也跟著爬上爬下，貓貓有與生俱來的本領，但她實在跟得吃力，簡直就是在涉險；貓貓在籐沙發底下鑽來鑽去，她也追著貓貓爬行，實在抓不到只好揪住尾巴。這可不得了！惹惱了貓貓，回頭就是一爪，還好只抓在衣服上。如此，我又多了一項任務，便是要緊張地盯著他們嬉戲。這真是比講課累多了！就連在課堂上，都

會忽然心裡一緊，想到家裡的貓貓和貝貝。我不擔心貝貝會傷著貓貓，卻真怕貓貓會把貝貝的臉抓破。

貓貓會抓破拖鞋，我寬容著牠；牠會闖入姐姐的房間，把魚骨頭藏在書桌下，我道歉並允諾教牠改掉這個習慣；牠不肯在固定的地方大小便，阿英埋怨不已，我只能一再幫牠說好話。我無法讓渾沌的幼兒瞬間長大，經過審思，我承認錯誤，我太理想化，其實按我的性情，凡事牽念太多，精神負擔太重，實不具備養小動物的條件；依我的生活環境，也沒有資格保有貓貓。終於，我決定把貓貓送人，讓牠去牠該去的地方。當我宣佈我的決定之後，立刻歡聲雷動，所有的家人都說出了心裡話，他們都受夠了。但我開出了條件：必須找一個善待貓貓的好人家。

姐姐的一位同事，家裡有四個小學到中學的孩子，正想要一隻貓，於是貓貓很快就有了歸宿。送走的那一天，我特別將貓貓打扮得漂漂亮亮，在牠的脖子上紮了一個紅色的蝴蝶結，帶上所有為牠添置的家當，找了一個大紙盒，把牠放在裡面。請阿英替姐姐叫了車將牠帶走，我沒送牠，連房門都沒出，我怕我動搖了決心，我忍住眼淚，對自己說：「好了！貓貓不再受苦了，不再被人嫌棄了！」可是當晚，我難以入眠，繞室以行，彷彿聽見貓貓在敲門。輕輕拉開門一看，除了月影什麼都沒有。

牽掛了多日，我常試圖從姐姐的表情上看出點什麼故事。直到有一天，姐姐回來說同事告訴他，四個孩子非常喜歡貓貓，還取了個名字叫Lily，原來牠是隻母貓！我總算放了心。這一個月的動物緣讓我認識了自己。不光是動物，我不適合豢養任何有生命的東西，我的心真載不動許多愁。無論動植物都有生老病死，那樣的過程與結果我受不了；若是因為我的緣故而夭折，更是情感上的嚴重打擊。

遷居到指南山下那個大學村若干年後，居處更為安適而靜謐，許多鄰居都養了寵物。一天，小學二年級的兒子和一群小朋友在濛濛細雨中帶了一隻小狗回家，說要留下來。我說不行，因為家裡工作的工作，上學的上學，沒人照顧。有的小朋友的媽媽不用工作，應該比我家合適。兒子說別家都不肯收留，所以他帶了回來。我拒絕了他的要求，預備了牛奶、一個大紙箱和一塊雨布，要他們將牠放回原本的地方。兒子依從地把小狗送走了，回到家後卻倒在床上痛哭，連連說：「小狗好可憐！小狗好可憐！」他在床上哭，我也在客廳裡流淚，咬著嘴唇，始終未鬆口，唯恐自己會軟化下來。兒子哭到睡著了，我悄悄出了門，順著馬路走，在路邊的樹下看到了那個臨時狗屋，小狗似乎已經睡著了。感謝天，雨已經停了。我再一次像發誓似的提醒自己，絕不養寵物；我的心真載不動那感情的沉重！

不可失去的

自從狗兒成了家中被溺愛的寶貝以後，有一句俗話不再聽見人說了；說了可能會犯眾怒，那就是用「狗眼看人低」來形容勢利的人。但我親眼見到家犬追著汗流浹背的郵差跑，和乞丐拿著打狗棒，與群狗對峙的嚇人場面。打狗棒其來有自，有窮人就有乞丐，有乞討者便須有驅狗的工具，所以很多武俠小說裡，丐幫傳承人位的時候都要拜「桿兒」，將打狗棒傳給幫主的繼承人。這些說道如今已走入歷史，鮮少有人提起了。

但我還是時常想提醒，狗眼喜歡看「低人」，最愛欺侮正好和牠四目平行相對的族群，我就曾被「好好」看過。這不全是母親的敘述，我自覺仍有那經歷的印象；按理說不該記得的，一個剛滿兩歲、路還走不穩的娃娃，怎麼可能會牢牢記住那兇厲的眼神和那滿口尖牙的大嘴巴？

據媽媽說，那還是一家四口住七間居室的好年月，寬闊大院裡對稱的兩座宅子中間隔著

一個兩、三個籃球場那麼大的中庭，遙遙相對，彼此不相干擾，他們家的大狼犬當然也不能越過楚河漢界。但那天，媽媽帶著我在院子裡曬著冬日暖陽，一邊跟我說故事，一邊給姐姐織毛衣，只是母親進屋去拿一個新線團的功夫，那大黃狗就踱了過來。

牠並沒有撲向我，卻是那麼站著，跟我眼對眼相望，一雙冷銳酷厲、閃著寒光的狗眼，盯住了我。我既不敢前進也不敢後退，我相信，那時我應該也是定定地看著牠吧，忽然牠張開了大嘴，「啊……啊……」我終於哭叫了出來，按媽媽的形容那不是人聲；媽媽搶奔出來，連腳上的鞋子都掉了，大狗作勢要撲上來的當兒，溫婉斯文的媽媽別無選擇，拿起椅子就丟了過去。媽媽沒有敘述後來的細節，只說我因為急驚風，請了大夫來扎針、灌藥，好幾天才恢復。這些我完全不記得了，但那雙可怕的眼睛，卻永遠地烙在記憶裡了。

不可諱言的，直到今天我還怕狗。一次到人家裡去，他們家的狗跑來聞我、蹭我，我嚇得幾乎跳上沙發，但為了不丟臉，我閃到沙發後面，最氣的是，朋友還笑著說：「別怕，我們Lucky不咬人！」然後跟狗兒說一大堆撫慰的話，反倒像是我傷害了牠，讓我幾乎想跟這個朋友絕交！而類似這樣的驚嚇也不只一次。後來有養狗的人家知道我要去，一定會先把狗關起來。不久前去參加友人的雅敘，主人家的小狐狸狗特別愛跳到我身上趴著，那時我渾身的肌肉立刻緊張起來，一直保持同一個姿勢，動也不敢動，直到牠放過我，自動離去。

但相較於顏色對比強烈的爬蟲，或令人起雞皮疙瘩的蛇，我寧願面對狗的精神威脅。因為有些狗兒，面容和善、性情敦厚溫和，我還敢近距相對。蛇可不行，顏色越鮮豔的越可怕，不只可怕，那難看的外型，還讓人汗毛都豎了起來。有一年文藝界組成一個文化訪問團到東南亞去，派了還算年輕人的我做副團長，為大家服務，座位排在近車門的第一排，到了蛇園門外，我抵死不肯下車，寧願和幾個不願看蛇的朋友留守枯坐車上。大家遊罷回車的時候，就有那麼一個冒失鬼，拿了一團扭動著的東西，送到我面前。媽呀！是一條小蛇！我趕忙向後閃躲，口裡重複地說：「不要！不要！」「看看！看看！很好玩的！」他真不識相，說著就把那條蛇丟到我身上。我無處可逃，只能雙手捂著臉，嚎啕大哭。這位先生馬上道歉：「對不起！對不起！原來你是真的怕蛇，這是假的啦！」「假的也不行！」他只看見我凡事身先士卒，好像很勇敢，卻對蛇發自內心的恐懼，以致最怕丟臉的我，竟會不顧體面，當眾失態大哭。

不過我並非最怕蛇的人，學生時代，一組人在太魯閣裡健行，一位學長，一百八十公分的健壯大漢，在路上碰上一條小蛇，距離還有兩、三公尺，沒等我叫，他已靠在山壁上動彈不得，臉色由脹紅到煞白，喉嚨還發出哀號似的聲音。大家都笑了，他的女朋友也笑了，撿了根樹枝，把那條幼蛇輕輕挑到山下；從那次起，我了解到，怕蛇不只是女性的專利。

除了怕狗、怕蛇之外，還受不了蚯蚓、毛蟲和指甲刮玻璃的聲音，另有遭到死當、面臨「二一」的學生，帶著阿公、阿嬤、父母、叔舅姑姨，使出人海戰術，難於招架……但這都不是最可怕的。為了克服對水的恐懼，到底學會了游泳，假如水不太深一口氣可游五百公尺，只是腳一搆不著地的時候，便雙腿無力、呼吸不順，喝水、嗆水。

舊歲進手術房前，先跟醫生溝通，所說的話，和三十幾年前在臺大醫院說的大致相同。那年，需做一個小手術，由教學醫院的名醫操刀，術前一副談笑用兵的輕鬆。雖然我被定位為實驗品，仍想保有一點最後的尊嚴。他們看來看去，我還可以用「貢獻醫學」來安慰自己，若是再上演狼狽掙扎、叫喊的戲碼給人參觀，簡直比死還難堪。後來我的論調，在小醫生之間變成笑談。

這次，手術需時兩個半鐘頭，會動到刀子、鋸子、鉤子、榔頭等工具，真不敢想那個過程。我跟洋大夫的對話是：

「全身麻醉還是半身麻醉？」

「半身麻醉。」

「不好吧！我希望不要有感覺。」

「你放心！等你睡醒，手術就結束了。」

真是感謝，看著那雙理解誠懇又體恤的藍眼睛，我就放心了，誰說猶太人既頑固又古板，不替別人著想呢？

我認為可怕之最，是失去尊嚴，那比失去生命更讓人喪失生趣。我至今還感念許多記不得名姓的叔叔、伯伯。那年爸爸帶著八歲的我到他的工作場所，正碰上大家休息，於是自認已讀大人書的我，便加入他們，坐而論道。我把「鬼鬼祟祟」一詞說成了「鬼鬼崇崇」，但舉座無人取笑我。回到家裡，一向嚴厲的父親，卻微笑著指出了我的錯誤。老天，多麼好的人啊！他們包容了我幼稚的愛現，也維護了我的自尊，否則以我的性格，不知會有怎樣的後果。他們也教會了我，以後不懂的事一定要弄明白才說。

生活在大陸的童年死黨，隔了四十年再見，她已完全是另外一種類型的人了。我有點難過，但最難過的是，她父親，曾經對我很好的吳叔叔，竟是自殺身亡的。一九六八年，當他知道自己即將被抓，先喝廁所清潔劑自我了斷。遺言是：「士可殺不可辱。」對於他的選擇，他女兒說：「太傻了！還沒動手抓他呢！別人都挺了過來，今天都好了！」

一位留學法國、做過教育廳長的大學教授，為了家庭已是隱忍偷生，見多了師友同儕被荼毒、羞辱的情況，他寧願這樣死去，也不願喪失尊嚴。

「不！你爸不傻！他是讀書人，我能體會他的心情，換作是我，我也會這樣抉擇。」

確然，我若處在同樣的環境、有同樣的經驗，我應該已經走了同樣的路。很多東西都可以放棄，窮一點、苦一點、累一點都沒關係，唯有做人的尊嚴不可失去。

解放

「請問，我能在我爺爺的炕上坐一下，拍幾張照片嗎？」察言觀色之後，像是一個自覺對大人提出不當要求的孩子，怯生生地懇求現在的屋主。

「可以！可以！當然可以！」主人似乎很慷慨，朗聲回答。大概是我謙卑的態度和語氣，讓她少了些疑慮。

我終於得以在爺爺住過多年的炕上坐了下來。

是冥冥中的安排嗎？初次見到火炕，實實在在地坐在炕上，竟然就是爺爺的那舖炕。那原木色的炕沿兒已變成了赭黑，稜角都磨圓了，看得出歲月的滄桑。一坐下來，心裡有如萬馬奔騰，跑出無數條思緒的線團，許多爸媽說過的故事都湧上心頭。突然覺得，那從沒見過的爺爺，竟和我如此貼近，彷彿聽見他說：「你們終於回來了！」我當然知道這不是真的，因為不得不放棄一切的祖父，生前根本回不了家，遺骨飄零數地，五十年後靠著海內外兒孫

的努力，才在北京的一個園子裡買了三尺墓地，將他安頓下來。強忍將要湧出的淚水、壓抑心胸中沸騰的波濤，草草拍了幾張照片，快速離去。

從哈爾濱出發，到北大荒尋根的第一站，便是祖輩開荒闢土，最後定居的縣城。日程中的第一個項目是「回家」；只是我家已變為其他人家。所以當浩浩蕩蕩的一群人陪伴著我走進吾家大院的時候，那最高級的官員不停地向住戶們打著招呼：「趙家的人回來就是看看，看看！一會兒就走！頂多一個多小時吧。」原本說好會待上一個多小時，結果才半個多鐘頭就走了。以至回到臺北，父親渴望地追問「故居」的現狀時，我都答不上來，只能轉述官員們給我的資訊和極其有限的見聞：咱家舊居，隔去一半給了別的機構，這一半的宅院裡現在住著十七戶人家；爺爺和繼奶奶的屋子很大，炕也很大；他們准許我在爺爺的炕上坐了幾分鐘，還拍了照片，可是拍得不好。爸爸聽了之後，不滿地看了我許久，說：「你呀！這教授是白當了，這麼沒用！」後來又嘆了口氣，諒解地說：「也難怪，原來是什麼樣你全沒見過，如今那麼多人家佔用，自然也不容你仔細走走、看看。」

傳統的舊式父親，從小便是責訓多於嘉勉，早已習慣。爸爸說兩句，並不會令我感到難過或難堪，何況我真是沒用，平常面對成千上百的人開講也不會怯場，竟無法要求在我老家的宅院裡多停留一會兒，從容地認識雙親有過若干歡樂年輕歲月的舊居，卻是連觀光客也不如的就給搪塞出來了。當時的感覺很複雜混亂，激動、孺慕、追懷、憤憾、酸楚、疼痛、悽愴、不平……等情緒糾結在一起，無法形容，剎時間不知該怎樣應付。除了陪同的那些人之外，還有更多雙充滿猜忌戒備的眼睛，明明白白地告訴我，我不屬於那裡，那地方已和趙家完全沒有關係。一股悶窒的感覺堵在胸ㄇ，假如我不順應排定的「節目」離去，接下來很可能會哭得比村婦表演哭喪還失態嚇人，貽笑故里。

節目還要繼續，車行過街道。

「這是你爺爺捐的圖書館。」

「那院裡早先有一溜房子，是你爺爺蓋來給沒落的開荒鄉親『貓冬』的地方。」

「瞧！那所高中，也是你爺爺捐的。」

依著導覽者手勢的指向，我麻木地東瞅西瞧，嘴裡「唔」、「哦」地應答著，實際上心裡想的都是曾祖與祖父輩所投注的心血勞力。那大片用血汗和眼淚灌溉出的田疇綠野，如今養活著一萬五、六千人，以爺爺的性情和胸襟，若他的魂靈有知，必然會含笑九泉。但這最後的容身之所，連影子都被剷除得乾乾淨淨，讓遠歸的子孫心情無處可寄，是否太過殘酷？努力創造財富、奉獻回饋是罪過，不勞而獲、據他人之所得為己有反倒算是正當的權利，這個理怎麼說呢？

罷了！罷了！當年，曾祖率領著族人、他的小腳妻子和一串十四歲以下的兒女脫離水患災區，下關東墾荒，除了肩上的擔子什麼都沒有，紮根無處，再走向北大荒，在新天地從頭打拼，胼手胝足，從無到有，從有到富，從富到大富，得從心所欲，貢獻於公益。而今既然一切已歸於空無，將那深藏心底的老家從情感中徹底剔除，割就割，捨就捨，斷就斷，從此不再苦苦思念，不也是種解脫？

以往曾對「解放」一詞感到困惑，因為許多常把這語彙掛在嘴邊的人並非輕鬆如意、遂心自在，甚至活得更匱乏、痛苦、煩惱、憂慮、恐懼、不能自主。我常想，不是人們誤解了這詞語的意義，便是給「解放」下錯了定義。但那一日，我真正體會到解放後的自由和輕鬆，我真的解脫了！

那年，一家頗具盛名的晚報副刊，向百餘位作家發出問卷，調查對某些時事的看法，在個人資料方面除了年齡，還須填寫籍貫。這有點令人敏感，尤其讓我為難。戶籍上的籍貫除卻對父母的故園原生的牽念，根本是與我不曾發生過直接關係的地理名詞，因而略情緒化地填寫了「五湖四海人」這五個字；能夠在任何好山好水的所在安置身心，投注以生命、輸灌以心血，盡每一分力，將自身根植下去，而後那就變成了屬於自己的土地。別人不能否定，除非自己否決。有朝一日離去他鄉，那便是新的「故土」。

經歷了尋根的內心震撼激盪後，我心如靜潭，對於那「地理名詞」再也不起漣漪。過了兩年，老父大去之後，我到戶政機關將籍貫改記為出生地；只能如此，因為行政機構一定不會接受「五湖四海人」這樣的登錄。

愛情的死亡

十多年前赴大陸采風，赫然發現中國人的語言習慣中，有一項大變化，那就是國人一向最難說出口的一個詞，許多人天天都掛在嘴邊，他們為婚伴冠上一個非常浪漫的稱謂「愛人」；成仇的怨偶也不例外。叫愛人的源由誰都了解，但仍覺得滑稽。不過簡體的「爱」字中是沒有「心」的，這令人感到疑惑，沒有心怎麼愛？不過若僅是個假借的名稱，是不是真愛便無妨了。

有些人只肯戀愛而不願結婚，因為很怕一結了婚，家庭生活的俗常就磨掉兩情相悅的美感，愛情便進了墳墓。俗話說：「婚姻是愛情的墳墓」，或許誇張、偏激了些，但婚姻絕不等於愛情，這是不管多麼衛道的君子都不能否定的事實。兩個人可以安安靜靜過日子，有關懷、有照顧，順利地過完一輩子，卻不一定有心交魂附的愛情。不少人得到這些也就夠了，並不需要那種令人迷醉至焚身蝕骨的戀情，所以一開始目標便不是懸得很高，有人相伴說個

話、過點柴米油鹽的生活，再生兩、三個孩子就行了，除此不冀望獲得別的，不頂在乎那摸不著的東西。無甚渴思、飢餓、企盼、失望、不滿的感覺激盪糾葛心中，可以從始至終淡淡然地度過一生。

但某些男女原本愛得一塌糊塗，到後來卻會厭棄到連多看彼此一眼，都覺浪費的地步。原來的情意是真的，後來的心情也是真的。當感情產生質變，不必東賴西賴，賴誰也沒用，愛情一旦死亡，任誰也救不回來。不過，即使愛情已經死亡，並不妨礙兩個人繼續過日子；只要不苛求，還是可以平平順順地捱過一輩子。不苛求、平順，不代表不痛苦，至少往昔的年月，許多承上啟下的世代，多半選擇顧全「大局」，獨飲苦杯。

從慾的熱切與失望的焦點著眼，年歲的差距確然是個問題，但歲月的間距不一定會成為距離，然而文化因子的深層影響，卻是情中男女之間的暗流與鴻溝，常是不理解、不欣賞、不接受、不耐煩到無法忍受，甚至難以相容，那時不是兩情淡化冷卻，便是摩擦衝突不斷。婚姻中尤其如此，當兩人長時間、近距離共處，無法契合的癥結就會放得更大，思維、習性、意念、情緒相互碰撞的機率更高，待心疲緣盡，逃避遺忘已是維持和平相處的最大限度，形式替代不了情滅的實質。

愛情到底是什麼樣的東西，確然很難講清楚，不同的時代、地區、族群、教育背景、個人性格，都會導致不同的表現方式，但繾念、牽掛、既希望私密又唯恐他人不知的心態、患得患失的思慮，是戀愛中男女共同的反應。愛情不過是兩人感受加起來的心神激震、心靈互動，只有當事人才能領會，用文字話語來形容，實在很笨拙也很冷酷。當然，一旦愛情死亡了，痴夢苦思的渴念、情投意合的甜美，都成了自嘲互諷的笑話。愛情中可以有驕縱、憤怒、焦慮、恐懼、怨懟，只要有情，都有法可解，若厭倦了，安安靜靜或悄悄偷偷地放下，已是愛情最好的葬禮。

不再有相看兩不厭的吸引力，情泉斷流，彼此越來越需要在現實的天平上精細計算；短暫的分離，不是相思的開始而是身心的解放與假期；沉默不是無聲勝有聲的相守，而是心靈逃避的方式；沒有蜜語，也沒有爭論；言語沒有交集，思想也沒有交集；撒嬌的人不再嗔鬧，淚水的味道由激情變為愁苦；眼眸成了放大鏡、顯微鏡，見到的是越來越多叫人不耐的質素……無疑的，愛情已漸漸流失。

當然，若把男女之情定位於動物性的自然反應，人世間就可減少許多痛苦與遺憾；或者將其看作純然秤斤論兩的買賣，那也簡單得多。無奈大多數人，還有顆會思索、會感受的心，往往不受理智和禮法閘門的控制，於是乎內在的意動與外在的撼變暗激明盪，讓情不那麼穩定、可靠。人變情變，心變境變，愛情要想不死也難。

仔細想想，世間除了死亡，不會變的事物還真不多，更何況會受到主觀、客觀因素影響的人心。我不懷疑某些人的愛情會長命百歲，也相信兩人若能找回夙心純性，即使愛情已奄奄一息，也可以再生。但我發現，無雜質的愛情往往只在記憶中永生。

輯二

生活故事

縫情補趣

終於等到夜深人靜，屋內室外的生靈都已安歇，整個世界皆已入睡，可以虔心凝神地獨享自娛的遊戲了。開亮了檯燈，關閉了室內的其他照明設備，找出鋼錐、大縫衣針、粗白棉線和紙夾，動手裝釘那份我們的「心情記事」。

不久前找了個合適的對象，把那臺新縫紉機送走，能物盡其用，為它找了一個好歸宿，心裡就覺得舒坦而安慰。曾將自己鍛鍊至具有專業的車製衣物的能耐，但自從那年為母親製作壽衣，一時失神將食指穿釘在針車上後，後來一見到衣車就心悸（後來長輩才告訴我，依俗必須手縫，真冤枉），為了克服心理障礙，買了一臺名牌針車，希望能恢復舊技，但始終跨越不了那道關卡。算了，送給有用的人吧！而我，又回到最原始的穿針引線的時代。

自幼年起，就愛縫點什麼。跟在母親身旁見習、長本事，興趣不改，在手足行列、友朋之間成為現代人中的古怪異類。從棉被到窗簾；從媽媽的旗袍到自己的衫裙；從全家的「制

服」到父母、親人飾終的內衣，都曾親自完成。但我最愛的，卻是縫釘書簿紙葉。

「心情記事」的十一頁內容，純粹是兩人由泛聚到情歸的回顧和傾吐，不涉及他人他事；雖然萬一洩漏出去，免不了會臉紅，卻不至於像那五、六公斤日常通訊的傳真「筆錄」，會惹出意想不到的紛亂。

選了紅色的卡紙作封皮，把內頁仔細地整理整齊，拿出那最大的釘書機，打算簡潔地以三釘解決。

「很難看，會生鏽。」一旁坐著看書的人說話了。確然，他說得一點也沒錯，釘書機伺候，最後的成果只能是簡陋。為什麼不線裝呢？於是決定線裝。不過處理這份特別的物件，縱然無須焚香齋沐，卻需要心情的允許，所以拖了很久很久，拖到那人已經遠去。彷彿是還願吧，終於選了一個寧靜的清明夜來做。

按我的「本領」，實不必如此鄭重其事，只是要做的東西不同，便有殊於一般的專注與虔誠。雖然主體紙張的規格相同，仍然得四邊再三攏齊，除了釘裝的一邊之外，其他三邊也得用強力的大紙夾穩穩夾住。動作的過程中，左手每根手指都必須發揮作用，將其固定，不能像平常集釘合唱團的歌譜那麼草率，拿針就縫。特別用直尺與鉛筆先輕輕畫線，量好線格的間距，再點上記號，然後才錐孔、穿線。假如用白絲繩會更漂亮些，不過白棉線倒是多了一種樸雅的趣味。已進入二十一世紀的E時代，這樣古典的享受機會不多，要慢慢，慢慢地縫。縫好了，紅紙白線，寫上墨色的標題，確實很漂亮，頗有傳統典雅的意趣，而且也很切題，他的心境原本就是傳統而古典的。

雖然沒學過裝釘，但小時候曾看媽媽用縫棉被的大針，替姐姐縫過鬆散的課本與簿子，後來又輪到我的，看久了便學會了。她們都不屑於學，我卻最愛那媽媽於動手細做時，不用言語，和我只以眼神交會的安恬。直到現在，每當我整理散頁或修補舊書的時候，那母女燈下縫紙的情景就回到眼前，感覺真好；可惜生在電燈時代，若是油燈或燃燭就更好了。回想起來，那畫面不只溫馨而且美麗，面龐如玉的媽媽和俏皮洋娃娃般的小女孩，構成了一幅寧馨互動的畫景，多好啊！最美麗的記憶，使這習慣一直保留著，保留到了今天，儘管有諸多現代工具可用，能縫、該縫的，都不會圖省事而打釘膠黏了事。

很沮喪，一冊借來的畫冊，瞧了半天，竟無從下手！因為是畫頁，只能用透明的膠帶黏貼。膠帶黏貼雖不影響畫面，看起來實在很廉價，一副傷痕斑斑的模樣。最後只好食言，不修了，趕緊小心看過後歸還；反正以後看不見，不會瞧著難過。我一瞧見破書爛卷便手癢！借書時，常是求人家允許我先為它們「動手術」，還它們一個正常的面貌。人人都會大度地接受我的請求，這次是我自食其言，所以很懊惱。

爸爸大去的前兩年，把他的大學畢業紀念冊和珍藏的《滿洲帝國分省地圖暨地名總覽》、《滿洲國現勢——康德九年版》交給了我，說：「他們都用不著，給你吧！當年在地攤上買來的，書是挺舊的，現在可是沒處找的寶貝。」我當然懂這是好東西。可憾的是，老人家不知道我自小就有種興趣，喜歡替新書「保鮮」，更愛為舊書療傷、整容。假如能讓骨鬆身散、缺皮少肉、角捲頁裂的爛書，恢復個書樣，那是最快樂的事。

媽媽因為文人舊家的老底子，除了琴與畫的素養，她會許多和文人生活相關的小技藝，除了縫紙，母女也愛玩修補破書。因為要用刀剪，媽媽不許小孩動手，早幾年只能在一旁觀摹。剪刀和小刀片之外，工具還有糨糊、糨糊刀、小刷子、各色紙類、一塊棉布手帕什麼的，就是沒有膠帶。拿到一本面目全非的書，封面不平，但倘若材質許可，便把那塊手帕浸水，扭乾後鋪在上面，輕輕地握拳，慢慢地將其搥平。然後理平每一頁，假如是厚冊、穿線裝釘的，便超出家庭作業的能力；如果書不是很厚或是釘裝的，便用糨糊刀尖沾糨糊，一頁頁貼合並理齊，捲角處，也耐心地一頁頁舒平，再找一個強力的大紙夾，夾上幾天。整形完畢，尋一塊平、硬、重的東西壓個一、兩天。現在當然是用數磅重的大字典之類的，中學生時用過磚塊、木板，最早則是晚上壓在枕頭下面，其實比什麼都好。

幾個月前，為個人的大手術做各種準備，項目之一是向各方大量借書，俾充休養時的精神營養劑。有的書真的很可怕，可能經過太多人的手，像被很多嘴巴啃過一樣，不僅捲了書角，連封面也被啃得殘缺不全。於是，找出一些舊的節慶賀卡，比對出顏色、厚度、紙質最相近的，在工作臺上厚厚地墊上廢報紙，先沿著書邊比正，精確地畫線後，左手用鋼尺牢牢壓住，一口氣切下。擬與殘頁黏接的一邊，用剪刀剪下即可，不過，跟殘破處接合須小心處理，因為卡紙較厚，得輕輕用小刀刮薄一點，再順著接合的邊緣，小心地用特別的強力膠水塗抹（從前是用糨糊），再以紙捻或小刷擦去多餘的膠，對齊後黏住，風乾、壓平。破洞則用剪下的零星卡紙，按挖補的方法襯貼就行了。還書的時候，書主看見面目一新的書，笑顏逐開，再三道謝。其實應該道謝的是我，他只見到了結果，重要的是，整個過程都令我感到開心。我很不謙虛地告訴他，這不算什麼，我曾把人家贈予的四〇年代毛邊紙油印的古董歌譜，糊裱起來，使之得以重生長存。言下確實有一點得意！

有人澆我冷水，說在網路時代，人都不讀書了，光碟取代了一切讀物，縫縫補補毫無意義，太過時了。

大眾與小眾之間的興趣也許有所差異，但尋求生活趣味的心應該是相同的。無論任何時代，生活品味與情趣境界是不會過時的，有些情趣也是無可取代的！

再來一場好雪

昨夜，雪悄悄地降下來了，這是紐約今冬的第一場雪，有人說今年是個暖冬，所以到現在才來了第一次瑞雪。

午夜子時已過，放下手中的書，站起身子，撥開窗簾看看。接著，便忍不住將落地窗簾完全拉開。哇！真是美極了！一片潔淨、寧靜，不管多髒多醜的街道屋舍，都被純白的絨毯蓋了起來。

雪花是斜飄的，顯然室外朔風凜冽；其實光聽那一聲高一聲低、不停狂吹著的風哨，就知那力道有多麼強勁。紐約的風一向出名的霸道，與飛雪合作，絕不容許哪一處稜角突兀參差，一定要將白毯舖滿各式高高低低的平面和斜面。沿街不眠的節慶燈飾並不會俗化這片純潔大地，反而給人「猶在人間」的踏實感。多麼美好的世界啊！無論身外寰宇如何擾攘、世道多麼混亂，這場雪至少暫時佈置了一個足以撫慰心靈的溫柔世界。

幾年前，離開故地，遷至海隅，過著恬淡的小日子，慾望和目標都壓縮到最小，碰上過年時，也不過兩人合著下廚添個菜，然後溫習那已講過無數回的、屬於兩個人的老故事守歲罷了。特蒙警局准許定點定時燃放炮竹的活動和我們無關，那是要到唐人街去參與的熱鬧；社區的春節大遊行，總是在最冷的天氣裡舉辦，那樣的場面，畏寒的族類如我等也只好放棄，但蟄隱蝸室仍可以享受「天涯相守」過新年的況味。假如恰巧有一場大雪，便是上天特賜的賀年禮了，因為我們都愛賞雪。

我很小的時候就聽媽媽說過「瑞雪兆豐年」。這句話應該是農業社會的產物，有今春的好雪，才能期得春耕充足的灌溉。可惜自我幼小到媽媽離世，我從未和她共度一次有瑞雪的新年。在大人懷抱的年月裡都長住南方，到哪兒去看雪啊？到臺灣之前的那個春節，倒是積雪遍地，但除夕夜半，遠處的炮聲震得窗戶的玻璃亂顫，父母的眉頭都扭成了疙瘩，大年初一清晨就帶著一串娃娃倉皇到友人家避難，然後飛出圍城，從此再也沒見過過年的雪景，直到遷至此地。

曾經怨過命苦，在家裡承上啟下，永遠是盡不完的責任，忍不住要怨造化弄人，為什麼自己不是獨生的嬌嬌女。但如今來到這把年紀，孤身度日，才覺得沒有留下什麼有形遺產的雙親，卻留下了無可取代的親情。兒女各在遠方，每逢團圓的節日，我們有姐妹互伴，毫不覺得欠缺了什麼。經過仔細地比較、考量，總會選一家共同喜好的所在，早早去吃那頓年夜飯；選擇休息、圖省事的人越來越多，到了大年夜，各個有特色的飯館，往往人潮洶湧、人聲鼎沸，等候的隊伍甚至排到了門外，大過年的，別受這種罪，還是舒服一點好，所以總是捷足先登。然而，敘過、聚過還是要各歸各家，各守各的歲。已經不再有從裡到外、從上到下，購置一新的心情與條件，但仍可掛上商家送給我的「福」字新日曆，把自己洗得乾乾淨淨，換上一件最柔軟、最輕暖的漂亮袍服，窩在「寶座」裡，跟自己說：「過年啦！」然後做自己愛做的事。

冥思、遐想，是我最愛的事。實質的清潔整理都已經做過了，思考的乃是將心境徹底打掃，迎待無憾、無欠、無怨的新歲。今年特別做了一件事，那就是鼓起勇氣，用不同的方式，對某些曾經對我有過重大影響的人表示了感謝，雖然他們從不知道，有這樣一個人對他們有這樣的感念。本來嘛，歲末原是償債還願的季節，因此今年在心境上多了一點輕鬆，我表達了我的謝意，於人是還願，檢視自己時則是償債。

在臺中上中學的時候聽一位老師說，抗戰末期他在重慶讀大學，同學中有很多人從中學時期開始就以校為家，到了大學，過年時仍不得不留在宿舍吃「八寶飯」，於是有人寫了一副春聯貼在寢室門口，上聯是「年年難過年年過」，下聯是「處處無家處處家」，門楣上的

橫幅則是「四海為家」。是自我解嘲，是故作豁達，抑或喟嘆當哭？從原鄉來到新鄉，我沒有那樣的感慨，因為這是自己的選擇；儘管是非常非常被動的。

不管這個年過得多麼素淡，我喜歡這樣的過法，適合我的環境，也符合我的心境；我會去買兩包水餃，借上一袋新書，準備過個簡單自在的年。假如老天善解人意，再來一場好雪，就更美了。

大江滾滾流

浮木

誰說孩童就不會寂寞？誰說小娃兒就不會感受到人群中的寂寞？

一個八、九歲的孩子，上面有個瀟灑自在、開拓了自己世界的姐姐，小她三歲，玩不到一塊兒，自然不容再黏著成為累贅；下面有會哭、會叫的妹妹們佔據了母親的胸懷，只能跟在媽媽的身後。

到了學校，多數同學都大個一、兩歲甚至三、五歲，不管玩哪一種遊戲，時常都站在圈圈外：「啊！多了一個人，你當裁判吧！」分成兩邊玩耍，多出一個人，加上體力又不如人，不當裁判要當什麼？怪不得別人。偶爾跳一回房子、跳繩，那真是莫大的恩遇。當然，「上山下河」或跟在她們身後，追逐於原野時，並沒有被拒絕，但必須忍耐一、兩位「領

袖」不停埋怨我「跟不上」的缺點。假如沒有老師疼愛，那我的人生就一無是處了，可是作為一個老師眼中的樣版娃娃，正是同學的眼中釘。

就是這樣，人在其中又似乎不在其內。我也要找自己的天空！

緊鄰吾家的大書店容得下這個「小荳荳孩兒」，雖然也曾被說「拿到那邊去看」、「別擋了別人的路」、「櫃臺下面不可以蹲」等等的話，但語氣都是溫和的，甚而是鼓勵的。我終於找到可以一人獨玩的遊戲。店員換過一、兩批，沒有人說小孩不該看大人的書，反倒得到更多的特權，比如猶未上架的新書借我回家啃一夜，次日再交還上架之類。

我不再覺得孤獨。我也有屬於自己的天地，就像在茫茫大海裡漂流的寂寞心靈，抓住了拯救的浮木，我不知我會飄向何方，但至少不會沉溺。

四、五十年過去了，講學長春，在圖書館一次面對讀者的集會中，當年施予浮木的導引者之一特來相見。這位忘了面貌的先生已是大陸著名的詩人，筆名丁耶。

一葦

一九七九年五月四日，在臺中市文化中心的舞臺上，我代表全體受獎人致詞；那是我第一次以作家的身分獲獎。除了一些場面話，還包括所有獲獎者的感謝，但我更強調了在這城市裡我所要致謝的對象，是已遠去天國的、高一時的國文老師。

老師有個綽號叫「馬頭」，因為他的臉很長，頭頂又有一撮「倔強的」、永不服貼的頭髮，很像馬鬃，臉上的表情，則像是隨時會踢人一腳似的。他教我們國文，就算家長向校方抗議他「加料」太重，影響到其他功課的學習時，他也沒有灰心，依舊非常認真，所以我們仍要到辦公室領作文簿，接受他的評析；有時給你幾句，夠你想好幾天呢！

那時我的習作已曾登載於當地報紙的副刊，交一篇作業給他，他竟會說：「寫文章如黃河之水天上來還不夠，不能流到海裡就什麼都沒有了！」交不出兩千字的東西，就投機寫一首「新詩」吧！下場是簿子被扔在桌上，聽他聲調鏗鏘地蹦出：「告訴你！詩／不是／一句話／分作／幾行／來／寫！」非常討厭背什麼八家文，偏不背。結果是罰站還要挨訓：「不要拿『好讀書不求甚解』來搪塞你的不肯背書，不要忘了下一句『每有會意，輒欣然忘食』的境界。」好像聽溫言好語的時候不多。

僅僅半年的捶打、鍛鍊，終於讓我渡過那片渾沌的汪洋，開了竅，領會到書要怎麼讀、寫作是什麼。

橫渡大江的那束蘆葦，是馬老師給的。

拉縴

夫子和馬老師一樣也是山東人，是將孔丘的丘少寫一筆，並讀成「孔某」的道學先生。我知道他不喜歡我，我也不喜歡他，班導師怎可強令學生做那麼叫人厭惡的打小報告的事？所以我認定他是假道學。但我不能昧著良心說他是壞老師，至少在教學上他比盡責還要盡責，況且他還有某種程度的開放和寬容。

雖然我一向是聽話、守規矩的乖乖牌，我也有我的叛逆。不過，我絕對不肯也不敢像T那樣，讓高二時的「蒼蠅先生」氣得在課堂上哭起來。我專門在作文課上跟夫子作對，他給了題目，若說東我一定說西，且正如夫子對其他師長所形容的，不管怎樣反題而作，「絕對言之成理；不同意卻無可駁斥」，不讓他抓著小辮子。整整一年的師徒論戰，你來我往，寫八百字，他也許給個千言評語，但絕不會瞎改，硬把我的意思改成和他一樣，也不曾在分數上整我。

倒楣的夫子作了我一年的靶子，雖然十七、八歲的女學生思想不夠成熟，卻練就了我可用一生的筆。

論作導師，他實在冬烘、落伍，但若論逆流拖舟的本領，夫子應算得上是超級縴夫，如今想起，只剩下感謝。

易舟

真沒想到可以把寫作做為職業，雖然有個「特約撰稿人」的名義，但沒簽約，不算廣播公司的員工，更不算資歷。但因工作性質需閱讀大量的書籍，又可以在家「上班」，不但符合興趣，對一個身負家庭重責的女子來說也很合適。尤其第一位製作人，儒雅的李荊孫先生禮賢下士，很能激發初出茅廬的小青年的效命熱情，因而十分投入，認真努力，使廣播紅星更紅，節目盛況數年不墜。

可是自己得到了些什麼呢？年復一年，在節目需要的框框裡填字，小說不能有小說的藝術，只能編故事，偶爾故事還被念錯了，令人氣結。除了每月收到一張粉紅的稿費單之外，真沒留下什麼給自己；心裡越來越矛盾。直到在一家大報副刊作者聚會的機會遇見了她，文壇與廣播界的前輩。見到她，我便迫不及待地問，若我長久撰寫廣播文字的供稿，長此以往，是否會戕害我的創作生命。初次見面的她，竟完全不迴避地回答：「是的！」於是不再

猶豫徬徨，決定跳下那條拘囿自己心智的船，攀上我真正能放心逐浪的船。

如今常有機會見到她，不管當著多少人的面，我都能毫不羞澀地感謝羅蘭女士對我的影響。

穩舵

只教課不作研究，不是教書匠嗎？我當然該有我的工作成績，誰說執創作之筆的人，就必然不能從事社會科學的研究？

勇於挑戰自己，將文學創作的稿酬作為支持學術研究的費用。雖然很累，但這樣也沒什麼不好！我常會警惕自己：「Publish or perish !」，非常用功、努力。寫一篇本行論文，可比寫一篇散文或同篇幅的小說，花的功夫多太多了。

我不喜歡別人認定我「搞」學術僅是玩票性質，甚至想不再腳踏兩條船，放棄文藝創作，把心思全放在專業上。只是還是有點捨不得。不！是很捨不得！但我已慢慢地學著放下，希望有一天，能完全……直到遇見了他，一個彼此知道、見過幾次的學者，那時他還沒做部長，也還沒當校長。

在一次學術會議的會場碰見了，兩人舉杯致意。他對我說：「寫論文、作學問固然重要，但對你而言，創作應當更重要！你想，一篇論文頂多有五百人看，但你在報上的文章可能有五萬、五十萬人看！」他的話讓我感到震撼、吃驚，不很稔熟的朋友竟願意給予這樣的當頭棒喝！

不過，我知道他的意見是真誠的，因為他特別跟我討論了我的一篇小文，而且若干年後，我發現他曾引申過那篇遊記，寫過一篇文章，發表在一冊財經雜誌上。

這已是多年前的「故」事，他的誠懇建議讓我深思，終於穩住了心舵，即使有千難萬難亦堅持航向，至今不曾改變。

冷雨，寧靜

窗外雨聲潺潺，雨滴輕叩玻璃，並不擾人。儘管已是春天，樓外世界卻比寒冬的夜更陰冷，平日嘈雜的車聲像約好了似的，都悄悄閉上了嘴巴，於是窗內、窗外的靜謐都屬於我一個人了。並非阿Q，這冷夜的孤靜近乎浸潤哲學的享受。

「一個人吃飽，全家不餓」這句俗話，常常用做對形單影隻的自我解嘲。奇怪，怎麼就沒人體會到那種無責一身輕的灑脫？

我很能領會那種能做的事都做了，面對不可知的未來，不再有所憾欠的心境。不是「采菊東籬下，悠然見南山」式的超脫；不是失落卻硬裝出無所謂的堅強，而是自然地接受和認同。或者可以說，終於能自由地告訴自己，是該好好愛愛自己的時候了。

這個窩空了，空得徹底，不但小鳥早就振翅高飛，老鳥晚近也棄巢遠遁，留下的是隨心所欲的解放，以後怎麼過，全看個人喜歡，不必再顧慮共同生活的人，當然，苦辣酸甜都要

一人承擔。

很多年以前，我便自知性格上有著很大的缺點，那種大事、小事習於「先天下之憂而憂，後天下之樂而樂」的性情，使我即便在扮演快樂天使時，心懷裡仍像揣著一枚大苦瓜，唯恐做得不夠，不符他人和自我期望的標準。

「找你二姐去！」是父親的口頭禪，直到他彌留病榻，還對弟妹說出這最後的一句話。雖然他們都已是各有一片天的成人，父母多年的倚重，依舊是我肩上沉重的負擔。自己有一個小家庭，著意要做到事事完美，儘管一家大小願意將我擺在第一順位，我卻把他們的需求和苦樂搶過來扛在肩頭，說：「這是責任啊！」我就是想不開、放不下啊！

仰事雙親的責任結束了，唯因盡心盡力，庶幾無憾無愧。然後有那麼一天，雛鳥開始一隻隻飛走，斯時說服自己，要以健康的情緒面對這「自然的過程」，並好好照顧自己，不成為他們奮鬥的後顧之憂，更不要因為自身的落寞情緒而帶給他們心理上的負荷。

擔任輔導教師的少時同學的遭遇使人警惕：當她發現，初嫁的女兒的生活規劃中完全沒有包括她時，便被徹底擊垮。她很勇敢地表示，願意為女兒帶孩子，只求母女長期相伴，不料才兩個月，就被問及何時返臺。這對她是極為沉重的打擊，以至她精神異變，需要被「輔導」。想起早逝的她，很是心痛。當時曾竭盡己力，安慰、勸說、開導，全都無效，但這件事卻教育了我：當不必再為別人而活的時候，於我也是一種解脫。

又回到了原點：原本就是一個人，轉了一大圈回來，還是一個人。從此獨來獨往、自給自足，只管一己；不必再操心別人的事，他人也別管我的閒事。提早辦妥退休，不再受課表支配，是順應「群眾」的要求，情感的選擇與理智的考慮的結果，和團聚有關，卻和雛鳥飛散無涉。

一人自成一家後，重新調整生活，願意幾點起床，就幾點起來；既然是一個人吃飯，又何必大費周章地做飯？兩餐併為一餐，吃個brunch，沒人覺得委屈；邊啃三明治邊看書報，耳邊也無人嘀咕說習慣不良，或埋怨受到冷落；高興用電腦用到幾點就用到幾點，不至讓誰生氣；不想睡就不睡，弄本「磚頭書」休閒，一夜的功夫就翻完了，不會有人絮絮叨叨地催促，搞得好像自己很理虧，對誰不起似的。

不期望誰為滿足我的願望和虛榮承歡；不期望有兒女的成就替自己妝點門面，也絕不懊惱沒用裙帶拴住兒女，硬留在身邊防老，反而在不成為他們的包袱而感到心安理得之餘，有些驕傲，平常除了付出關懷，絕不多事干擾。母子之間那臍帶雖已一刀割斷，精神與心靈的臍帶則永遠相連。

他在美國，而我留在臺北，在課堂和研究室之間拚搏，每逢寒冬苦雨或雪災封街的日子，電話裡他總很任性地說：「拜託！能來快點兒來吧，我怕一個人聽雨！」這樣的詞兒總讓我心裡亂上一陣。如今輪到我在這裡獨自聆聽夜雨刷洗窗扉的聲音，固然是不得不然，心情卻無比寧靜。

我很能欣賞這孤獨的美麗滋味，那美好的仗已經打過，我可以休息了。

無情天地

將我放置到一臺「升降機」似的腳踏車上，「Fifteen minutes!」她下達了命令後就去顧「他」了——那個坐在輪椅上、扶著橫杆、口中念念有詞、反覆奮力站起來再坐下的大塊頭。

「一、二、三！一、二、三！」年輕的女復健師連數了兩次「一二三」，縮著脖子、弓著背、張著嘴喘氣的他，終於將自己「掛」上去了，復健師總算可以用右手抓住他的後腰，左手拉著背後的輪椅，蹣跚前移了。那樣子真是不堪一看！他用的助行器是我從來沒見過的，除了四條有滑輪的腿之外，上面還有兩隻爪子，左右兩個短爪下各有一個軟墊，掛上去的他，雙手不是抓住四條腿的橫架，而是緊抓著短爪，雙臂搭在那軟墊上，這樣他才能幾吋幾吋地緩緩挪動。不想形容得太刻薄，但這畫面，實在太像一隻笨拙的胖蛤蟆硬被叉上了展示架。

被送進這地方，第一天看到的鏡頭，就是這個畫面。來到這裡之前，在ＮＹＵＨＪＤ已有所透悟，「病人」不是人（和「白馬非馬」的理論一樣），已屬另一族類，不能用審視一般人的角度來看待這個族群。但見到這個不會少於六呎三、四吋，兩百五、六十磅的「大隻佬」，竟是這樣狼狽無助，依舊讓人感到震撼。儘管已經拆除了插在手臂上的管線和腳上的幫浦，不再如古代的受刑人一般，雙腿被固定在一大塊海綿枕上，我卻仍像隻超重的沙袋，別人不來幫忙就無法挪動身體，被放在哪裡便是哪裡，因而在那座「升降機」上只能遵循復健師的命令，不停的踏動著。疼痛必須忍受，但若無聊不想忍耐，就苦中作樂，把「升降機」當成「觀景臺」；只是看到的景致，幾乎都是殘酷的人間的無奈。

可不是嗎？尚驚愕於那位「大蛤蟆」的難堪，向右轉頭就又看見一名老太太，被夾在一個前有泡棉巨輪、後墊數條浴巾的架子上，靠著電動的力量，讓她得到一點「運動」；那感覺一定很不舒服，不知道她痛不痛、累不累。他們沒數數，她也沒叫苦，她面無表情，看來更覺痛苦無助（聽說不久之後她歸返了天家）。再向遠處望去，排隊候訓的幾張輪椅上有三位男子，除了一個不知清醒與否的老傢伙，鼻子幾乎垂低到胸口之外，身穿紅衣的華裔男士已睡歪了身子（後來看到他時，他多半都在睡覺），而戴著一頂時髦帽子的拉丁裔漢子，則滿臉的激憤和戚鬱。這也難怪，他的左腿已截肢，右腳也藏在厚厚的護具當中。他們旁邊的輪「榻」，仰臥著一位看不清身形的沉眠老婦，全身都覆蓋在被毯之下，露出的睡顏，蠟黃枯槁。我心裡納悶著：這樣的她要怎麼復健啊？

趕緊收回目光，誰有權利將別人的痛苦和尊嚴損傷當作風景欣賞呢？不過，到了這裡，隨處可見人們所承受的苦痛與磨難。此處地方是附設在一處安養機構的復健中心，不夠專業，卻總是人滿為患。我是貪圖離家近，那麼其他人呢？相信是打定主意，若復健成果不佳便就地「安養」吧？放眼室內，似乎醜人、怪人、邋遢人……都聚集到這裡來了。當所有關心或相識相知的人都在慶幸這次手術成功的時候，只有我自己心裡不快樂，因為在這裡，感受不到將會苦盡甘來的希望，還讓人深深感到歲月與疾病的無情；無論是多麼智慧、美麗、富有、傑出，竟依舊被這樣的無情所打倒。

從「升降機」換到「推土機」，兩種都是腳踏車，形式不同，功能則一，皆是其他正戲的暖場序曲，每天必定上演，從十五分鐘到二十五分鐘都有；被遺忘了，也許時間就更長一些。「升降機」位處邊陲地帶，「推土機」則在正中央，可以眼觀六路、耳聽八方，看到的人和景象更多。每天來到此地的人種，紅、黃、白、灰、黑各色都有，來的原因不是手術就是大病之後，需要體力、體能的或生活機能的訓練。每個人都有各自要克服的艱難和問題，所以不管從容顏、表情或行動上觀察，快樂的人太少；他們像是一面鏡子，在他們身上我看

見了自己。正如我日日觀戲，實際上我也在演給別人看。直到我離開前兩、三天，能夠不需復健師跟隨，拄著拐杖行走，在那條約定俗成的動線上繞行數圈，得到一些掌聲，甚至博得那來了便高唱「天佑美利堅」的老瑪莉大聲喝采，方知觀眾還真不少呢！

每天來來去去的人們，老的多於年輕的，大多是同一批人，少數離去了又有新的遞補。換到「推土機」上後，視野寬廣，幾乎每個人進來都會從我眼前經過。

我終於發現，那位「電影明星」也是我學走路的「同學」。在病房裡，她和我是鄰居，她的床位正對著敞開的門口（所有病房的門都是雖設而常開的），讓我見到她摘去假髮、卸了妝的模樣，絕對不會少於八十歲，但她出現在人前時，一定會將自己裝扮起來，五、六十歲的容貌，三、四十歲的體態，腰挺身直，光彩亮麗，尤其一雙帶笑意的大眼睛，讓人忍不住一看再看。看到她的風采，心情上似乎也得到了一些鼓勵。

這對三人組也很搶眼。後來知道當中的老太太不住在病房，每次都由老先生推著她的輪椅，而跟在一旁的年輕女士，原來是特別護士。雖然老太太毫無殊色，以我敏感的判斷，那位老紳士不是華爾街鉅子便是飽學的教授，儒雅體面，和我們那些男「同學」相比，簡直是天壤之別。他呵護妻子的態度和那動在妻身、痛在夫心的神情，令人為之動容；復健師常常必須阻止他插手幫倒忙。雖然我聽不見老太太和他之間的互動，但看得出他連哄帶騙，要妻子接受指導，她卻像個小女孩撒嬌似的，虛應故事般地瞎比劃著；我在心中暗忖，她一定會最晚「畢業」！

一位頂著小帽的猶太老人，他的家族十分壯觀，不知遇上他們的什麼節日，男男女女，兒輩、孫輩一大群跑來探望。大人、小孩都俊美，擁上去又親又抱，原來不能動的老人家在另一座「推土機」上，笑著表演給家人看。儘管他們有些妨礙到我，我也無怨，陪同欣賞！

新來一位乾瘦的華裔女子，從她的行動看來，我猜應該和我接受的是類似的手術，她也看戲，但只是看，不太肯參與演出，在復健部她也非常與眾不同，每次身旁都有一位面貌肖似的女兒全程陪伴。她不喜歡動，當著復健師的面還意思意思地動個幾下，等到復健師走了，她就停下來四處張望。或許是出於同是華人的關心，見她如此，心裡竟有一份焦急，很想……，但又不願冒昧造次。離去的那天，當我扶杖順著動線，歪歪扭扭地步行了幾圈，大家為我鼓掌時，我發現了她的驚訝和羨慕。實在忍不住了，走到她面前說：「我今天要出院了，剛來時我比還妳弱得多。我努力地做，現在可以走路了，要想康復，就要不怕痛，多動動吧！」我很高興，終於把想說的話說了出來，這才是我！

辦完出院手續，在大廳候車的時候，看見了那對三人組。特別護士輕鬆地在一旁閒坐著，老紳士縱容地笑著，愛憐地瞧著老太太慢慢地品啜咖啡。這下子我明白了，難怪他們到

得越來越晚！女兒們說，三人組見我沒用輪椅，是扶著助行器步出大門的，露出了渴羨的眼神。我說沒法子，誰叫他們有情反被多情誤！

在這最無情的天地裡，反而會出現一些額外的多情，然而多情算是有情還是無情呢？那三人組到底是有情還是無情呢？誰能給他們一個正確的定義？

豎一座紀念碑

回到「劫後」的舊居，沒想到竟撿回了那本原以為已徹底失去的「著作」；這並非誇大其詞，它確實是本可以被稱為著作的書。一九八八年在香港參加「第一屆中國海關史國際學術研討會」時初遇大陸學者，那些年輕的教授、博士們之所以客氣地稱呼我為「趙先生」，就是因為讀過這本《中國海關史》的緣故。現在，這本書拿在手上的感覺，彷彿是剛出土的前代遺物。可不是嗎？自全面蒐集材料開始，已是將近三十年前的事。順手翻翻，看見自己耗費的心血，同時也想起很多值得感謝的人，但我首先想到的，不是海內外那些提供訊息或幫我蒐集資料的善心貴人，也不是那為難過我、負責書籍入境檢查的外行「土豹子」（言詞很兇，應用豹來形容），而是想到了他，那個我在心底偷偷叫「阿狗伯」的他。

初次見到他時雖然很想笑，但是我沒有。其實他長得並不可笑，只是名字讓人忍俊不住。他沒更改名字，證明他並不埋怨他的父母，我卻覺得他的父母實在欠缺考慮，怎麼可以

讓他頂著這樣的名號，被人笑上快一輩子？（他已七十出頭。）他在一處文化機構任職，名字卻很不文化：他叫劉金狗。

當時還很年輕的我，終於找到一條想走的路。我不肯只做教書匠，而要為自己的研究工作找一個方向和出口；在教學中獲得的心得，讓我發現了新天地並為之沉迷。於是尋找資料，就成了生活中投注最多心力的功課。求人原是最難啟口的事，但為得到研究資料便不再靦腆，勇敢地打電話、寫信、拜訪，因而結識了一些前輩，和他們成為忘年之交。他們和學術界的同行不一樣，不會將資料自秘，很慷慨地支援、幫助，一個轉介一個，我與劉老先生就是這樣認識的。（一位從事舊籍重版的出版家朱先生，把我介紹給劉金狗。）

「你到中央圖書館臺灣分館找劉金狗，他可以幫你的忙。你就說是我介紹的吧。」朱先生說。

「中央圖書館臺灣分館？他叫劉金狗？」

「是的！就是劉金狗！臺灣總督府時代南方資料館的資料都存放在那裡，劉金狗是那裡的老人，已經工作了五十年。」

原來，昔年日本為了南進政策而成立的南方資料館中的東西都收藏在這裡啊！

於是我和劉金狗先生見了面。印象中，有這樣名字的人，應該是身型魁岸、口嚼檳榔的粗黑漢子，或是滿臉歲月刻痕的淳樸老農吧。但他面容清癯，膚色淺淡，和他幾乎斑白的頭髮同色；細細的眼睛，眼瞼已被歲月壓垂，看人時便不得不微微揚起尖尖的下頦；含笑的薄唇總是緊閉著，流露出一種謙卑的沉默和拘謹。個頭中等，但因為他瘦得像棵風乾的枯樹，感覺上就顯得比較高一些；當然他若非背已微駝、腰也半彎，或許還是高個子。他穿著一件已經泛黃的白色香港衫，露出的兩截筋肉虬突的下臂卻顯得有力，可能是常常搬書練出來的吧。整體形象感覺不是和典籍相從相伴的那類學人，而是被書香薰陶過的循吏模樣，雖然他並非官府中的吏員。

那時仍叫中央圖書館的國家圖書館，位在植物園裡，幾乎無人知道新生南路上還有個分館，至於開放不久的「南方資料中心」更鮮為人知，若沒有識途老馬引路，也走不到那裡，所以當我能幸運地被引向該處時，真是「芳心大悅」！拿出相關證件證明我的教職身分，我便取得了一把「研究小間」的鑰匙。那裡的書刊資料是不外借的，當我們選定了書，登記後只能拿到各自的研究小間去看，每次可借三本。所有的手續都是由「阿狗伯」辦妥的，過程中他沒有倚老賣老，表示他在我出生前多少多少年，就跟這些舊籍互守了，只是微笑著辦好一切，三言兩語細聲地說明規章，就任我自便。若不是換書登記，我不煩他，他也不擾我。

書架都在二樓，二樓轉角處有塊空地，地上的破爛舊書堆成比我人還高的小山，可以推

斷總督府時代的典藏還沒整理完畢，我猜想這應該也是「阿狗伯」工作的一部分吧。那是一處非常寂靜的所在，時常樓上、樓下就只有我和他兩人，有時沒看見他在樓下，唯獨我一人爬上蹲下地穿梭於書列間，一整排的研究小間也經常空著。

架上的書冊，除了發黃、老舊，上頭往往還有蠹蟲蛀出的孔洞和厚厚的塵埃。有一回，我踩著取書的矮凳，踮起腳尖，想抽取頂層的一本書，當我將其大力拖下，朵朵黑塵立刻自頭頂飛灑下來，逼得我馬上閉起眼睛、停止呼吸，等一手攀架一手拿書地下到地面上之後，終於大咳起來。偏偏那天我穿了一件裝飾著白色大翻領的洋裝，白領上像是爬滿了黑螞蟻一般。我送書給「阿狗伯」登記，他看了一眼，說：「下一次來，不要穿那麼漂亮！」冤枉啊！這僅是我的家常穿著啊！但我還是很不好意思，連忙說：「受教！受教！」從書面上的黑塵可以了解，我所選的書，在我之前十數年或數十年從無人碰過；或許自臺灣光復前後便再也沒人看過。

書庫裡悶，那一桌之室的研究小間更悶！我自己的體驗是，熱還比悶好受些。原本我的計劃是除了上課和周末之外，每星期去兩次，去了就待上一整天。但每次才停留半天，就頭暈得猛出虛汗，快要昏倒。因此，我只好把需要的資料影印後再回家細讀。我開始去的時候是春季，天慢慢熱了，悶加上熱，工作三個小時後，不但頭暈還想吐，有如生病一般，因而留在那裡的時間越來越短。有一天我在樓上無意間探頭下望，發現「阿狗伯」那件泛黃的白襯衫掛在椅背上，他只穿了一件背心伏案工作。我趕緊悄悄地溜了，怕他看見我會忙著穿衣服。為了健康，最後放自己一個大假，我「歇夏」了。

給自己放了四個月的暑假再去，很高興「阿狗伯」依然頑健地駐守著崗位。

天漸漸冷了，有限的窗戶關了起來，不熱卻更悶了。好在中、英文的史料和相關書籍，我都已瀏覽、擇摘完畢；法文的部分雖然豐富，無奈我是個法文文盲，只好放棄。不用再到那密封的「小蒸籠」裡去修煉了。我繳回鑰匙，告辭、道謝，此後沒再去看過「阿狗伯」，儘管有時會想到他。

年過七十、該退休頤養的「阿狗伯」還留守在書庫裡，顯然是他無法離開那些相伴了半世紀的珍藏，即使身處那麼不理想的工作環境，也能甘之如飴。從他永遠恬然、祥靜、無怨的神情，看得出他對這項事業的鍾情和執著。俗世繁華中的精英要角，很難將目光投射在像「阿狗伯」這樣的小人物身上，而我卻早已在心底為他豎起了一座紀念碑。

距離之美

「丫鬟，帶路啊！」簾子一掀，鐵鏡公主一亮相，四周立刻掌聲雷動！這真得叫「亮」相，她「靚」得會讓人目不轉睛地看，曼妙的身姿再加上那顧盼顰笑，「漂亮」二字已不足形容其美豔！

因為朋友在這齣《四郎探母》裡軋一個小角色，開場前到後臺向他致意，也看到他們上妝。令我驚訝的是，租來的戲箱極為陳舊，污跡隱現的褪色行頭、玻璃和鐵片製成的頭面，尤其公主頭飾上那朵大花，已是不粉不黃，看不出原來是什麼顏色。想來因為是個小場子，大家登臺玩玩，不必認真，也只好將就了。扮演公主的女子也僅是中人之姿，臉盤的確寬了點，鼻樑也不夠直挺，但紅白油彩一抹，描眉塗唇，貼上片子，一張臉馬上立體了許多，不過由於面龐擦得太白，一張口就顯得牙齒好黃。

外行人不敢胡亂評論，當時只是心裡納悶，不知待會坐在臺下觀看會是什麼光景。不料

燈光一打，其效果是贏得滿堂彩的驚豔。服了！舞臺化妝真是一門大學問。

從小就住在城鎮裡，習慣把看街景當作消遣，並喜歡用心上的第三隻眼睛觀察事物，演繹出許多聯想。不知從何時開始，臺灣的城鎮村里流行起鐵捲門來了。白天大小店舖拉上鐵門，看來寂寞而蕭條；晚上家家戶戶都被灰暗的捲門所封閉，予人沉重的阻隔與遺棄之感，是街市上最最令人厭惡的東西，直到發現更讓人不舒服的事物之前，我一直是這麼以為。

有段時間為了工作必須夜歸，按我的性情，除了覺得比白天累之外，沒有什麼不適應的，反倒將自車窗觀賞夜景當作一種慰勞。街上五顏六色的耀眼燈光，儘管俗豔刺目，它們至少賦予了城市繁榮的氣息，也帶給小市民一點熱鬧、溫暖的喜悅。但恐怕好些愛逛街的族群，都沒留心過燈光熄滅後的景象，霓虹燈一處處暗了下來，縱然身處車內，心裡也會泛起一股淒涼，彷若曲終人散。有一次白日裡搭上那路車，經過那條窄街，如常的向窗外望去……啊！怎麼會醜成這樣！那些入夜後閃閃爍爍的招牌燈，原來都是橫七豎八的骯髒燈管和佈滿塵埃的雜亂電線的組合。這番發現，雖不覺失望，卻有些悵然！

那年到武漢華中師大講學，學校安排我們遊三峽，在大壩工程開始之前，做最後的巡禮，還特別派了一位先生隨行照料一切。我們只需放鬆身心，盡情享受旅行之趣，任何事都不必操心。到達宜昌、上了「東方之珠」號，只在甲板上逛了一會兒，就回到特等艙中，那天除了用餐時間之外，我們都可自由活動，絲毫沒有一點壓力，但我的情緒卻有些低落。

長江的景色變了，絕對不像抗戰勝利後第二年出川的感覺，雖然同是秋天。當時同船的旅客主要是復員的大學生，一進入瞿塘峽，他們就從船艙跑出來，又唱又笑地欣賞那自然壯闊、未經任何人為破壞與斧鑿的三峽。當時還是「小朋友」的我，有幸躲在一位大學生的臂腋下，和他共披一條毛毯，佇立船頭，頂著江風，穿越三峽。那種造化之美，讓人印象太深刻了，即使當時是個小娃兒，不懂浪漫，那種感動也會永遠典藏在心底，所以對隔了四十餘年再見的三峽相當相當失望，山巒失去了蒼鬱，江水也已不復純淨，變成漂蕩著塑膠瓶、便當盒與各色垃圾的泥色混湯。我有些意興闌珊，只是不願掃興。我們選擇躲在艙內，憑窗眺望山川風光，如此可以濾掉許多不想看到的東西。但是，屬於我的三峽已經不再存在。

船行過一地又一地，過了秭歸、巴東就進入了四川，我們將在巫山過夜。快到巫山時，他忽然叫著說：「快看那邊山上的白色小屋！」可不是嗎？在有段距離的濃綠林木中，有一幢小白屋，這兒唯一出塵的景物。我們的目光貪戀地跟著它走，雖然天色漸漸暗了下來，它仍白得那麼獨特，好像為巫山畫龍點睛了。

他比我還愛作夢，於是開始猜想，是一位什麼樣的雅士在那兒隱居，過著怎樣與山為鄰、與水相伴的生活，想去看看。我否決了這個想法，因為天馬上就要黑了，上了岸就什麼

也看不見了，別給人家找麻煩。他只好打消了念頭。

但就是那麼巧，在小巴慢慢盤山而上的時候，竟經過那處地方。那裡原來是個門面被裝潢得極其豔俗的飯館，不是什麼隱士臨江望月的幽憩之所，門前還有一群男女正用最粗鄙的川罵爭吵叫鬧。我們兩人面面相覷，半天說不出話來。我的情緒更為低落了！

他和她是中學同學，他由傾慕而苦戀，最後終於成了一對戀人。但有時婚姻是現實的，她選擇了別人；當她決定出嫁的時候，他還沒有足以結婚的條件。他接到那封「對不起，你可能要難過一陣子……」的信，他的回覆，是把一個月的薪水當作禮金寄給了她。他的痛苦可不是一陣子，而是大半輩子，直到他再見到她，她才醫好了他的心病。他們的往事，就像近十多年流行的故事，在她婚後兩、三年，他也湊合著結了婚，他帶著妻子到了臺灣，心裡卻依舊戀念著她。她留在大陸，再相見是四十餘年之後的事。老天又讓他恢復了單身，兩岸開放以後，他尋找舊情人的行動可以說是瘋狂的，親朋好友拉得上的關係全用到了，十數管道齊發。皇天不負苦心人，竟然讓他找到了！

他相信自己的感情，因此去尋找已經孀居的她，還打定主意，等成了眷屬，再將她接到臺灣，一同共度美麗黃昏。結果是傷心而歸！他說，容貌、體型隨著歲月改變是正常的，她老了，他也老了，雖然原本比他年輕的她看來已像大姐。主要是她的氣質、神態、談吐、風度，已讓他覺得太過陌生，甚至懷疑她不是那個他所認識的她。臨別前，她要送他一雙布鞋，他沒收下。後來聽人說，那是表示希望以後能經常來往的意思。

他很後悔跑這一趟，否則至少可以保留美好的回憶。於是，他創造了一句名言：「想忘掉，就去見上一面吧！」

這個世界是有瑕疵的，很多的美景都靠距離成全。面對最真實的現實，如果沒有能力改變，又不肯接受或忍受，那麼就閉上眼睛、關上耳朵，再不然就拔腿走開。瞇起心靈的眼目，遠遠地眺望，人間的瑕疵那時看來就都美麗了。

缺席的團拜

在這隔著太平洋的異域一角，「過中國年」還是個社區生活中的重大課題。尤其自今年起，這個日子，已經由州長簽署，立法成為紐約州的慶祝日（state recognized day）；雖然不是假日，孩子們若為了慶祝佳節而不去上學，可以不算曠課。社區領袖個個摩拳擦掌，投入慶祝活動的籌備工作。

大年初四的遊行，連臺灣的七爺、八爺都上了街，各種團體的新春聚會更是不可數計，選擇一些文學、文化社團的團拜去湊趣，對異鄉生活是一種感情上的安慰。但每次趕這樣的熱鬧，心底總有一點惆悵的滋味泛起。我該去的，卻曾刻意缺席過。

其實我很不愛過年，那只是塵世俗事中無可避免的一項，假如我逃得掉，我一定會選擇逃掉，但我還不想棄離社會或被社會棄離，只好隨波逐流。

無可否認的，不管在何時何地，不管改成什麼名字，中國人說「過年」，指的都是過農

曆年；現在為了要區別元旦和舊曆年，便給了「過年」一個新名字，叫「春節」。很多人想到過年，直覺想到的無非是穿新衣、放鞭炮、大吃大喝、拿壓歲錢等等。

我真的不愛過年！每過一年，人生就會短去一截，而且過年時總是又忙又累的。直到客居異鄉，恢復了一個人的生活，終於可以不必再考慮他人的感受，過年就變成放大假的日子，我用自己的方式「度歲」。所以，這兩年僅維持了在陽曆除夕整理一年的生活單據，然後歸檔，而在農曆年時做心緒大掃除的習慣。

父親在母親故去九年後也離世了，悲痛難捨之餘，對自己有了足以交代的安心。我跟自己說：對雙親我盡了心力，自小為母親分勞，直到老父歸天以前，也一直當他的精神拐棍，為他分憂。想到父母，除了懷念，應該沒有慚愧！就是這樣，能做的與不能做的，我都是有一分力卻使兩分力做了。每到這個季節，我特別會想起父親，因為他最重視過年。（他從不說「春節」，都說「過年」），似乎一年中只有過年才是節日，其他的都算不上，那些節慶加在一塊兒，也遠比不上過年的重要性。

父親儘管超過一般父母地疼愛兒女，卻是傳統權威型的家長，連母親都要按他的意旨行事。別看在外頭，我頗有「不為利誘、不為威屈，敢為天下先」的勇氣，在家裡可是個聽話的乖乖女，不像姐姐那樣率性。不過年年的追念省思時檢視自己，對於父親，我似乎並沒有做到自己訂定的原則——如果不涉及大是大非的事，便絕對順從。

想起我曾經那麼表現，感到十分懊悔，但當時竟有種「究竟也能叛逆一回」的快意。對於自己曾有過這樣的心態，有些悒悒然的不安。因為時空已經轉換，而老人家也已經不在了，無從彌補。

傳統、舊式的老爸是不容講理的，挨罵是家常便飯，更不會得到當面直接的稱讚，每每為了庇護弟妹跟父親爭論，我也只能呈上「萬言書」。因而自小，我就不會說「不」，我好想好想抬起頭，也對父親說一回「不！」記得那年，我和一些幸運的考生一樣，被兩所學校錄取，報到的前夕，我明知父親很希望我承繼他的衣缽，選擇法律，卻連想都不想就說我已經決定進師大。但是，我並沒有享受到「叛逆」的快樂，因為那時臺灣的大學不多，只有幾所，進大學那麼難，有個父親認可的學校，他就覺得很好了。

我終於有機會說「不」了！當時應該是進入一九八〇年代了，那時除了在兩所大學兼課，已經出了一些書，接了五、六個專欄，在那平面媒體發達的年月，常常同一天會有兩、三份報紙的副刊出現我的陋作，有時新聞的夾縫裡還有我演講、開會、獲獎之類的消息。這些事，相信老爸都不知道，不然他早就責備我外務太多了。

有一年過年，父親突然以試探的口吻跟我說，要我跟他一起去同鄉會參加團拜，我以有

事推託了。第二年，父親再商量著跟我說了一回，我還是搖搖頭。第三年，他老人家就不提了。後來有一次，他又說起：「同鄉會團拜也沒啥意思，那些人你不見就不見吧！沒啥！」啊呀！我立刻明白了，一定是他答應了要把我帶去給他那些朋友「看看」，兩年我都拒絕了，但我並沒有後悔。哈！我終於向老爸表達了一回「不同意」！事實上，我對父執輩並不排斥（雖然某些人物的行為並不值得尊敬），像幾位伯伯、叔叔跟父親說召我去「談談」，我就會收拾得整整齊齊地去拜謁。只是那時我年輕氣盛，頗反對同鄉會之類「分裂性」的小圈圈，更不願聽一大堆老頭兒、老太太在一起「瞎白話」。

可是現在回想起來，覺得自己做得很幼稚差勁。有必要那麼做嗎？爸爸那麼重視過年，也重視家鄉人一年一度的聚會，我原可以給父親一點女兒在人前被肯定的快樂的，我竟狂悖地堅持缺席到底。想想……而我就是不甩！我……真的開心嗎？也許有那麼一下下，但一會兒過去了就是懊悔。

很不能原諒自己。這份無法彌補的悔憾越來越甚，每到這個清結心情的季節，就覺虧欠彷彿逐年增加。可嘆啊，愈加愈多重！。

思憶住榻榻米的日子

回紐約之前，我又邀弟弟妹妹一起餐聚；大家平日各忙各的，似乎只有坐下來吃個飯，才能消消停停地說一會兒話。各自有家庭、有事業的成人，在今日社會，似乎也只能這樣過日子。

席間免不了就街談巷議、家長里短，各抒己見，隨興哈拉一番，更重要的是討論為紀念父親逝世十周年，大家都回臺北團聚的計劃。弟弟建議，此次的大聚會，也像往年在美國和大陸一樣，眾人加上可能參加的另一半，選個主題目標，安排一次島內旅行，好好歡聚幾天。這提議沒有人反對，他們要我把這意見帶到美國，和大姐、五妹、小妹商量。

已入中年，為人夫、為人父的弟弟緩緩地說著他的構想，我望著他，腦海裡卻浮起另一個形象。那時他剛上小學，一個口唇潤紅、膚色粉白、五官帶著笑意的俊美小男孩，任誰看見他都要多看幾眼，甚至掐掐他的臉蛋兒，有一次，他甚至被高年級女孩兒追著瞧，追到

牆角，他用兩隻小手捂著臉抗議呢！流光荏苒，四十餘年過去，俊美不復存在，他已是被生活改造過的一般職場中年人。儘管如此，儘管他曾經統率成百上千的屬下，在姐姐們的記憶中，仍是個會和媽媽撒嬌耍賴的小小子，說錯了話，還會被姐姐們在肩頭輕輕地捶上幾拳。這就是我們姐妹兄弟之的間情感模式，無論歲數多大、世道怎變，我們的心境永遠不變。

「嘿！我們去臺中吧。小妹！跟你哥哥說，安排我們到臺中，去把從前常去的地方都走一遍。」姐姐淑俠是老大，一向習慣先出主意。姐妹中只有小妹是大弟的妹妹，自從小弟夭亡後，他們兄妹倆最親，而且向來都是最小的她照顧兄姐，所以由她去聯絡，我們享現成的，很自然，也很符合往常的習慣。

「最好找一家有榻榻米的旅店，當然無法要求豪華，只要乾淨就行。我們可以好好重溫以前在榻榻米上翻跟斗的日子。」我附和著姐姐的想法，並加以引申。「榻榻米」就是日式房子的地蓆，同時也是眠床，白天在上面作息，晚間鋪上被褥便是床榻。草蓆做面，蓆下實草，每一塊如一張單人床大小，單位是「疊」，一疊疊地拼成一間屋子的地面。現在的青少年，恐怕已經不知道榻榻米是什麼玩意兒了吧！

「好啊！好啊！」姐姐大樂。

「好是好，但現在哪還有鋪榻榻米的旅館？」小妹連連搖頭。

仔細想想，還是小妹務實，姐姐和我兩個文人，憑藉的只是一時浪漫的情緒，卻未考慮實際的情況。如今經濟掛帥，誰肯不顧經濟效益地投資、建造日本式旅社，西式旅館舒適、方便，合算多了。

其實往昔住了一段時日的榻榻米後，我就很不喜歡榻榻米的房子了。拉開紙門，房子就成了一大間，需要付出許多的勞動，才能擁有乾淨的居住環境。昔日家裡僱用「歐巴桑」的時候倒還好，後來辭去佣人，每周擦榻榻米的，都是剛上高中的我，這對一個青少年來說，也算得上是重勞動了。但回想起一家人在經歷了混亂不安的大震撼之後，終於得以喘息，平安地過上有榻榻米可以容身的生活，那的確是無可取代的濃稠回憶。

已是初春季節，寒流來時，臺灣的春寒竟也能給人一記「下馬威」，穿著冬裝還不停地打哆嗦。就是在那樣的天氣裡，帶著簡單的行李，由旅社搬進新家，是一處榻榻米的房子。原來的房主留下了一張長方形地桌和一個圓形茶几，那是家裡僅有的家具；購買餐桌椅之前，我們一直在地桌上吃飯，茶几則始終用來擺茶具。入住那天傍晚，媽媽升起了爐火，做了到臺灣後的第一餐飯。媽媽僅僅用肉骨頭湯做了一個菠菜燉豆腐的大鍋菜，再炸一大盤花生米，還有點甜不拉嘰的醬菜吧，全家人就圍著那個矮地桌吃著。就是這麼些東西了，當年臺灣的菜蔬與食品種類本就十分有限（市場裡連紅辣椒都沒有），母親又是倉促採買

準備的。雖然只有這些菜，這頓熱呼呼的晚餐，大家都覺香甜而滿足。那晚初次睡榻榻米「床」，躺在鋪著一層薄毯的榻榻米上，我想的還是：真好！一家人可以在一起吃這麼好的晚飯！這種感覺，醫好了我頻頻夢見在萬頭鑽動的輪船碼頭與父母失散的毛病。直到今天，我仍愛吃菠菜豆腐湯，或許正是因為這個緣故。

一九八二年，姐姐首次至大陸探親後回到瑞士，啞著喉嚨，打了通電話給臺北的我。她說：「以後爸爸再說什麼，就聽著點兒吧，別頂嘴了。當年爸爸堅持一個孩子都不能落下，全都要帶到臺灣來。好多家庭的情況不是這樣，造成了無可彌補的遺憾。」其實在我們家，除了被爸爸取了個小名叫「寶寶」的乖乖五妹之外，最不頂嘴的人就是我，最常頂撞父親的就是率性的老大和性急如火的三妹；我只有在護衛弟妹時才敢跟嚴厲的父親講理。但姐姐體驗生活、發掘歷史後的肺腑之言，卻讓我銘感深刻。

可不是嗎？在那樣兵荒馬亂的動盪時代，許多人拋妻棄子，去尋一個人的安全；許多人家「留大攜小」或為求旅途順利，帶著大孩子，把小的留交祖父母，此後孩子的命運便截然不同。三、四十年後再相見時，有的功成業就，意氣風發，有的幾同文盲，下放邊荒，甚而身殘命喪。內疚傷心的父母親流再多眼淚，也挽回不了令人抱憾的既成事實。我那文秀、不與外事的母親，在亂世中絕屬無計可施的弱勢，應變大計全由父親獨扛。那麼，費盡一切艱難，把一群孩子都帶在身邊，是父親的拚搏和努力。感謝父親，使我們能和在臺灣新生的弟妹，正常地成長並且相親相愛。

臺中市是我們在臺灣初次落腳的地方，一座寧祥恬適、文化氣息濃重的美麗小城，迥異於今日的風貌，讓人一見到就愛上它。在臺中南區的一個狹窄小巷裡，父母親用最後的積蓄頂下了一間面貌樸舊的日式小屋，十八個榻榻米加上院子旁的一片寬廊，那就是我們八個姐妹兄弟度過青青歲月的暖窩；直到於榻榻米小屋出生的小妹過了二十歲，才舉家遷往臺北。臨街的屋子有六蓆榻榻米，是父母親帶著「小傢伙」們使用的正房。接連走廊，白日充作客廳、有六疊榻榻米的，乃是我們姐妹的閨房，在結束全家大小一日的生活程序之後，搬開餐桌、掛起蚊帳，就成了我們的臥室。蚊帳一大一小，起初我僅能和妹妹們同住於大方帳內，姐姐離家後，我才得以「繼位」，佔有那一個圓頂小帳。

定居臺中、初初復學的時候，弟弟還不夠資格上幼稚園，小妹還沒出生，我們幾個姐妹每天在那間屋裡，圍擠在地桌前做功課（其實相當多的時間，大家並沒有認真做功課，僅是湊在一起「開會」罷了。），每個人的在校成績都還不錯，沒有因為讀書環境侷促而變成爛學生；我考臺中女中高中的時候，還混了個榜首，當時告訴爸爸這件事，他半信半疑，沒看見我怎麼「磨槍」，怎麼能考第一名呢？（也就那麼一次）。進門處的兩個榻榻米，原應算

是玄關，但我很喜歡把那屋子當作冥想的殿堂，常常在那兒做著白日夢。後來弟弟成了小學生，他會找一些小盒、小棍或火柴棒什麼的，玩擺陣作戰的遊戲，自己講故事給自己聽。有時我從外面回來，上了玄關，不小心踩到他的「飛機」、「大砲」，他就會哇哇大叫，有時還會哭呢！

趙家也像很多避秦的人家一樣，湊合著就在這處小屋裡安頓下來，嚴父慈母帶著六個孩子，後來又生了小妹、小弟，添了人口。孩子越來越多，辛苦的母親顧不過來，除了責成大的帶小的之外，她對排行在前的女兒大體上是無為而治的。但父親就不同了，儘管受的是新式教育，卻是傳統的東北威嚴家長，自己為人處事嚴肅端正，管教兒女亦嚴格且嚴厲，女兒都得符合舊日女子的行為標準。偏偏他的女兒們都有點兒野馬性格，父親在家時，在他眼前不得不盡可能地收斂，但他一去臺北開會，才剛走出大門，我們就立刻解放了，在小屋裡盡情撒歡，榻榻米即成了各人揮灑不同「藝能」的舞臺；父親經常要到立法院開會，我們就有得玩了，每個人都玩得很瘋。

讀中學的階段，除了帶著妹妹們作怪，最喜歡的事就是在學校跟一群胸有大志的同學們共讀「閒書」，談哲學、論人生，即使回到家裡，依然丟不下那些接力傳閱的讀物。我最愛的閱讀姿勢是仰臥在榻榻米上，把兩腿全豎倚在牆壁上，尤其夏天時更甚。這必得是父親不在家的時候，看閒書已是不被容許，更何況是那樣的姿勢。母親只是笑罵我「沒正形」，卻從來不曾制止我那有如苦練瑜珈的看書、讀報方式。當時除了開始學爬格子，能滿足一己虛榮心的事，還有拿炭條和６Ｂ鉛筆畫人像，畫最出名或最崇拜的中西明星，當人們說畫得很像、畫得很好時，就開心得不得了。我時常將畫作一張張地鋪在榻榻米上或掛在紙拉門上，邀「大家」欣賞，自我陶醉一番。

現在想想，那時怎麼那麼會作怪！到臺北上大學後，初學拍照，暑假回家，向鄰居借了一個能拍十二張照片的方盒子照相機，頗不吝嗇地用積存下來的稿費買了底片練習照相，很慷慨地給每個弟妹都拍上一張，還特別在壁櫃前掛一張床單，讓有一雙美腿的三妹穿上最短的「熱褲」，擺出世界小姐的pose，站在高凳上，一口氣拍上好幾張，她開心，我也滿足，只可惜焦距對得不夠準確，拍出來效果不是很好。回想起來，有點遺憾的是，當還是小鬼的五妹不知從哪個影片學來的，無師自通地跳著現代舞，在屋子裡飛過來飛過去，最後將身軀倒仰、頭貼足尖的動作，我沒能將之攝入鏡頭。總不能老去向人開口借相機吧？斯時，小妹只能當啦啦隊給姐姐們加油，還不夠格參加演出，母親抱著小弟，兩人都是當然的觀眾。至於大弟，人家是學生了，才不跟這些女生們玩在一起呢！

漫漫長夏，捨不得老把有限的稿費積蓄拿去「孝敬」電影院老闆，便隔三差五地在家中開「獨唱會」自娛，從藝術歌曲唱到民謠小調；從中國電影插曲唱到「One hundred and one best songs」。連棟的日式住宅，鄰居通通都是「義務聽眾」，沒有不聽的自由。才上初中卻已有歌唱家潛力的四妹，都到電臺去表演，唱的是西洋歌劇選曲之類的東西，才不屑把楊楊米的門廊當舞臺，否則鄰人一定會多受到些「疲勞轟炸」。不過，那時我的歌喉尚未退化到像今天這樣，至少隔壁鄰家的大哥們就曾對別人說，聽我唱歌就很替我惋惜，我不該不考音樂系。這些事現在想起來，好笑之餘，總覺得有些抱歉，我真不該那樣打攪他們，不論唱得好壞與否，我都沒有權利那麼做。

冬日的時候，溫暖季節的活動全都施展不開了，只好圍著棉被，躲在蚊帳裡嘰嘰咕咕地用臺語講悄悄話（不讓大人聽懂），說一些自以為有趣的大事小情消閒，或者早早安寢也很享受，那時絕不會再有「楚河漢界」之爭。待我「升等」，得以獨享小紗帳後，更有了一片新天地，擺一落書在枕畔，即使父親在家，隔著紗帳，我也可以很安全地看課外書籍直至深夜；學校成績單是我的保護傘，可以讓父親誤以為我越來越用功了！掀出這些「前科」，我並無罪惡感，因為我確實是「行有餘力，則以學文」，在那學制猶未僵化，學習重能力培養，不強調背誦「標準本」的時代，應付學校功課並不困難，的確可以快樂地讀書，學校裡規定的教本少讀一點，「枕邊圖書館」的書就多讀些。

人是會長大的，感懷不光是小兒女的傷春悲秋而已，一個有著「先天下之憂而憂」性格的人，思維運動要在個人私密的境地裡醞釀進行，這時兩蓆榻榻米的玄關就嫌太大，何況還有人分佔，因而那圓頂小帳下的一席之地，就成了我唯一能夠主控的私有思想花園。

讀而優則寫，鮮嫩的創作慾望，是大膽向報刊投稿的主要動力，次要的原因乃是為了稿費；雖然第一篇「作品」並沒有獲得稿費，頭一次得到稿酬，是十六歲時發表的第二篇練筆習作。這樣已經帶給我非常大的快樂，快樂不能獨享，我記得好像是請了弟妹一人一枝牛奶冰棒（那時姐姐已不希罕跟我們玩在一起，所以沒有請她吃）。我還買了一張如學校課桌般的小桌作為寫字檯，犒賞自己，放在房間的一角。我跟她們說我要寫文章，需要有自己的地方，此後自動「升級」，不再跟妹妹們在地桌前搶位子。當物質條件逐漸改善，家具換換添添，只有那張廉價的土拙小桌，直到搬家前還在「服務」，不過它又換了幾次主人。

幼鳥長大了，總要離巢去追尋自己的前程。倘若每個人都賴著不走，會不會把小屋「撐爆」？當小屋內僅留下三個「小鬼」時，便留下更多的溫馨，母親的才藝與喜好終於得以找回。小妹的信上說，母親天天坐在榻榻米上，用那把用了三十年的鈍剪子剪紙，我趕緊買了剪紙的專用剪刀寄回去。不久後，郵差送來一個大包裹，寄件人寫的是「本宅」，是母親的筆跡，打開包裹一看，原來裡頭是母親的作品，有用廢棄廣告紙剪成的飛禽走獸，其中窗花

最多，也有水彩顏料畫的國畫花鳥，主要是綬帶墨菊，還有麻線紮的小掃把，手縫的小猴、小虎和紮著小辮子的小娃娃。小妹說，媽媽要我不必為了給她買畫筆、畫紙多做花費，用他們不要的圖畫紙和舊毛筆畫畫玩玩就已經很好了。母親也像我在家時一樣，作品鋪排在榻榻米上自我欣賞，這讓她覺得很快樂。不同的是，住榻榻米的人少了，畫作就可以擺得更多。母親身邊會哭鬧的「小東西」們都離手了，不再吵鬧，卻常伴身旁，所以母親很開心，她的烹調絕活一一重展，小弟、小妹們有口福了。我不忌妒卻有些羨慕，我很高興，他們擁有更多在榻榻米屋的美好記憶；他們替我們享受，我亦感到同樣的快樂。

其實發生在那十八疊榻榻米上的許多事，並非全是歡快愉悅的，只是今天，我們似乎只記得快樂的部分，而且很能把以往的委屈和苦澀轉化，用另一種心情來詮釋和感受。比如姐姐最會學父親，用他特別的詞彙、語調和口氣訓斥孩子，每回的「原音重現」都會博得哄堂大笑，大家只覺得有趣，那點名被罵的人，不再心有不甘。此外，我們家因為子女太多，食指浩繁，儘管父親貴為國會議員，家中的經濟情況仍和一般社會大眾一樣，有相當年月的艱困，因而我們在學校裡，和同學們之間會遭遇到一些問題，那時不免有點難過，現在想來，倒覺得十分欣慰。當某些「不良老年」身後還遭人批評，使後人蒙羞，我就憶起臺中街坊的老女傭說的話：「我們都知道你老爸是最乾淨的大官」，在基層鄉里百姓中建立的口碑，是最真實、最珍貴的評價。沒有文化的老嫗只會用「大官」來形容父親的崇高地位，其實父親根本算不上官，不過，他可是個可以讓官兒們低頭的人。但在父親一些同事朋友們僅僅靠著口角春風，便可利人利己，大大改善生活的年月，我們家仍舊窩在比初見時更老了的榻榻米小房內。而娘家由於需要且有能力離開那間老去的小屋時，內心的不捨，似乎遠遠超過了對新居的期待和喜悅。

臺灣由貧窮走至富裕，費了好多好多年，我們家從日式平房遷移至湖畔小樓，中間就經過了二十餘年，但社會從純樸勤奮變為奢靡功利，竟是轉眼之間，若干年後重回臺中，我都不認識這裡了。這裡真的很豪華！可是，感覺就是不對，就如同文雅清純的姑娘，搖身變成了戴著滿身不恰當珠寶的俗豔女人。

有一年，姐姐回國探親，到臺中旅行，我陪她回到舊日小巷，重訪故居。窗前不知名的老樹還在，敲開了房門，跟女主人說明原委，女主人同意讓我們四處看看。站在昔日屬於我的玄關前，只見紙拉門已被一串串的珠簾所取代，感覺有些奇怪，不敢說人家庸俗，但氣氛已經完全變了調。我們隔著珠簾，向屋內張望了一下，仍舊是榻榻米的地蓆，依稀可以看到小院內，母親帶著弟妹種的芭樂樹長得更高了。姐姐已經潸然淚下，而我雖然沒有流淚，卻有一種痛感糾葛在心頭。我們就這樣走了出來。這回姐姐還想去臺中，要看些什麼呢？榻榻

米小屋早已變成了大樓，能看到什麼呢？

看不到是一回事，想又是另外一回事，也許看不到會更想。要是能去，就去吧！無論如何，那是全體姐妹兄弟共同有過的生活和記憶。楊楊米雖然找不著了，土地還在，大家的腳印還在，屬於楊楊米的感情也還在。

輯三

行旅札記

再訪哈佛

想去又怕去，為了壓下自己的猶豫，冒著寒風，一早就跑到郵局去，將裝著報名表和支票的信封送進投信口。沒有馬上離開，我下意識地在信箱旁站了一會兒，但最終還是離去了；審查自己，去的意願還是強得多。明知大家一起出遊，一定很好玩，卻又很矛盾，再去哈佛，到時情緒上是否能承載得了那感觸和傷懷？

上次應邀到波士頓去，是一九九三年的六月，假如沒有記錯，在哈佛燕京圖書館的演講是六月十九日，講題是「文學女人的內心世界」。

當時被接到哈佛校園，先是參觀的節目，會齊同組演講的吳玲瑤、朱小燕，先到同窗摯友林衍秀負責的東方藝術館，然後才是燕京圖書館。有光野隨行，又見到久別的衍秀，暖陽下走過人文氛圍濃郁的大學城，漫行於林蔭扶疏，典雅、有靈氣的哈佛校園，心情軟得不能再軟，一種浪漫迷離的柔軟！這就是哈佛啊！聚宴後，夜宿兒女已經離巢的衍秀家，好友讓

出了主臥室給我和光野，他們夫婦倆去住女兒房，偌大的屋子裡只有兩對相互扶持的夫妻。衍秀為我欣喜，我則為衍秀暗憐；昌熾兄已罹患癌症數年，這對高中同學結褵的偶伴，頑抗惡疾的堅毅令人動容，他們互動的眼神開朗清明而又深邃，讓人不敢也不忍正視，我只能躲入浴室，悄悄地無聲哭泣。一顆心，被周遭圍繞的這種暖濃柔情完全填滿。這樣的氣氛和情景，促使我決定把次日的講題換了。

開場白中我交代了更改講題的原因，坦白地向大家說明我來到哈佛的諸多感應與心境，只允許純文學風格的表達，於是把題目從「歷史與小說」改為「文學女人的內心世界」；那個時期，正是討論文學女人的熱季。

那齣「戲」，是由大學姐於梨華（讀初中時高中畢業班的學姐）、朱小燕、吳玲瑤和我所「表演」的。這次，我完全收起了平時鐵板銅琶，豪歌「大江東去」的調門兒，細理文學女人內心深處的亂絲。晚上與衍秀回到家裡，她說，聽了我的演講之後，很多人可能反覆尋思，晚上都睡不著覺了，我應該要講「歷史與小說」的。我打著哈哈告訴她，那個題目會有機會講的，留著第二天到哈佛三一學院的「美東夏季學術交流會」去講！次日離去時跟她擁抱道別，沒告訴她，頭天晚上睡不著的人其實是我。

那次的分別後，就再也沒見過她，不過常通電話，知道有一天昌熾終於去了。對此，我心裡已有準備，平靜地安慰她說，奮鬥過了，就再無遺憾。但不到一年，又傳來衍秀也被癌症俘虜的消息，這才是真正的晴天霹靂。有人說靈芝對抗癌有效，我能做的，就是選購有信譽保證的靈芝製劑，供作她化療或術後的緩解；我知道，這僅是盡心而已。曾想設法去看她，她說自己抵抗力太差，怕會感染，而事實上，我也沒有能力把自己「運送」過去。之後，不斷傳來她癌細胞轉移的消息，後來連電話都不能接了。只因為全心照顧丈夫而耽誤了治療，這可能是她有意的選擇，她終於走了，去和昌熾團聚了。又是一個夏季，二〇〇〇年。

我將前往波士頓，除了當年安排主理一切的張鳳，那裡的故舊還有誰呢？那年在勒星頓小山坡上的宅子裡，兩夕夜話的四個人，如今只剩下我一個。最讓人情何以堪的是，樹照樣綠，花依然豔，校園裡仍舊有年輕的男女裝點生機，似乎不覺得少了什麼。可是，真的少了些什麼！我們必須再訪燕京圖書館，但是感覺已經和當時完全不一樣了。心啊！不覺顫抖起來。

發現紐約

在紐約的日子，終於有了我能夠適應的內容。

我不矯情也不彆扭，當初被通知要來，在親人團聚的大題目下，我還是從善如流，來美國報到了；甚至還下了決心，放棄了很多讀書人嚮往的大學教職，特別申請提前退休。只是此後數年，仍是一隻候鳥，於臺北和紐約之間飛來飛去。來此之前，心理上已有準備，抽去了原有的生活依託，須過著日日都是星期天的淡素日子，一定會感到些許落寞。但是要得，就必須要捨，人生不可能面面俱全。

有人勸我說：「千萬要調整好心態，不能因為你在臺灣是some body，到美國成了no body，淡白的日子就受不了了。」說什麼呢，我在臺灣也不算啥人物啊！還有人勸我，別那麼惶恐，美國的日子不會難過，我選擇落戶的地區，即使不開車也不會被困住；想吃什麼出門就有；看電視、租帶子都可隨心所欲；如要維護健康，附近華醫診所林立，樓下就有眾多

名醫開業，還有人叫我趕快學打麻將，這裡的「麻將搭子」可以閉著眼睛一抓就是一大把。聽到這些「好話」，我只能苦笑，就算勉強自己趕流行，學會了方城遊戲，還是會感受到人群中的寂寞吧？

春去秋來，我不斷地告訴自己：不要心存成見，要慢慢地把自己融進去。但究竟融進去了沒有？身心似乎一直都飄浮著，只能慢慢調整自己，去尋找生活之美。不過，我最初看到的都是醜陋，唐人街堅尼路街道上不堪踩踏的髒與臭；走在法拉盛銀行匯集的地帶，走著走著，突然一名壯年中國漢子一口濃痰吐在面前，噁心得讓人一整天吃不下飯；去移民局、監理所以及其他公家機關辦事，老天啊！那效率……難怪會惡名昭彰，從臺灣那效率高，辦事又方便的地方來，實在是覺得很受罪。除了寫一點小文章安慰自己，整天沒有正經事做，心裡鬱悶委屈萬分。直到有一天，他和我下了決心，拿著街道地圖與地鐵圖到古根漢博物館（Guggenheim Museum）去，除了古代文物藝術的饗宴之外，那種走在真正紐約人的大街上的感覺，喚醒了我！於是我拋下鬱卒，試著出去探索。

鄰近的皇后區圖書館終於蓋好了，這是第一處我知道我有權享受的公共場所，而最令我感到欣慰的是，它幾乎取代了我昔日的書庫，此後再想起我所捐出的藏書，只會懷念而不再感傷。有那麼一天，圖書館竟然打了電話來，從未見過的主事者邀我去參加書友會，以書會友，於是我又有了另一塊發揮所長、投放心思的所在，後來還牽出了一串各型的讀書會。而圖書館對全民的多功能作用，更讓我大開眼界，確實意外的驚喜。試著去發現，便也免不了被發現，於是不再只是當個聽眾，討論、演講、主持、講評，心智終於覓得落腳處，可以發揮一點我做人的價值。但無用如我，也只能參與「頭腦體操」，還有許多可以「眾樂樂」的體能運動沒有能力享受。

另一個大發現，更是讓我吃驚：這裡各類的會、社怎麼那麼多！按比例來看，比臺灣多多了！有人形容，這是無法進入主流社會的「雞口效應」，大家各自豎立小山頭為一方之長，滿足做「領導」的權慾，不過擔名就要做事，有人真心純為華人同胞奉獻，但除抬高個人名聲外，也有人為了可以擴大個人的影響力而服務社區。這話或許有幾分真實，但相同根源的人組合起來相濡以沫，就彷彿失群的雁兒又回到了雁群之中，彼此扶持、撫慰，有什麼不好？從作家團體、專業組織到校友會、同鄉會、宗親會，都是人以類聚的地方，假如願意多湊點熱鬧，一年到頭都有開不完的大會和小會。評估自己的情況，畢竟一個人的精力有限，還是量力而行，有所取捨，節制一點來得好。

當心情安頓下來，就可以冷靜地看事、想事；我終於能看到，我所置身的這片土地的長處。儘管依然是白人優越的國度，包容性卻是豁然大度的。舉個例來說，在華洋的超級市

場與醫生診所裡，最容易學會分辨，誰在享受福利。按觀察所得，華人的比例遠超過「老外」，相信他們不是每個人都曾經對這個國家有過貢獻，但只要有「身分」、有「資格」，美國政府就不追根究柢，照樣「養活」。而且這裡的人身心充分自由，個人的生活只要不妨礙公共利益、不觸犯法律，愛怎麼過就怎麼過，沒有人會來刺探隱私，傳閒話或者說三道四。不管是誰，若非美得驚人，走在大街上，打扮成什麼樣兒都沒人管、沒人看；光著身子在大街上跳舞，也許能讓人多注意一會會兒。

美國社會的毛病很多，卻有一個許多國家都比不上的優點，那就是大海容納百川，接受各移民國家的民族特性，慢慢形成種族多元的國家。美國十分尊重各個族裔的文化，讓大家都覺得自己重要，儘管膚色不同，都是這裡的一份子。然後才能由行動的歸屬，進而找到心的歸依。就像在一次地方文化的研討會中，華裔的與會者向一個白人市議員開砲，宣示不僅是華人必須融入這英語系統的國家，接受他們的風俗習慣，他們也該學著了解並接納華人的文化，我們也是主流中的一支！這個見解真對，至少在這多元化的法拉盛，我們是真正的主流。

愛挑逗族群矛盾的政治渣滓不是沒有，大到國會選舉，小到社區問題，總有那麼幾個人出來搧風點火，往往引來一片噓聲，不但成不了氣候，反倒成了人人不屑的社會污鼠。最令人厭煩的是，有人還把矛盾從國外帶進此地，有行動時還要勞煩警察幫忙維持秩序。吵啊！鬧啊！市政當局都容忍，但若是衝突起來，警察就要干涉了。不管美國這個地方有多少缺點，至少在這方面是很成熟的，來到這裡度我的恬淡歲月，安心不少。

長安憶，最憶橋梓口

「你認為什麼東西最好吃？」

「不用自己動手做，吃現成的最好吃！」

這些年來有人問我，我總是這樣回答。

「為什麼跟人抬槓呢？」

「這不是抬槓！況且……能讓自己滿足的東西，不一定是從嘴巴吃下去的。」

我絲毫沒有戲謔之意，這完全是真心話，也可說是生活體驗的結論。

我真的很好養，吃得不多，不挑食，更不饞嘴。但我並非不解飲食之美，好的吃食我亦能淺嘗。

我的論調常使人以為，我是一名「遠庖廚」的好命人。非也！自我童年搶著當媽媽的助手，到我主持自己的家，從「廚孩」做到「廚娘」，其間跨越了三、四十年，直到有人哄著

我吃現成的；這還是近十來年的事。就連大學入學考試前夕，和後來諸類工作一起擠壓的時代，我仍未放下手中的鍋鏟。所以，誰要說我是烹調的門外漢，我是不服氣的。不過我不會治席面，非不能也，而是不為也！我真的不情願把生命消耗在盤砧鍋灶之間，但家常菜並不外行，而且很會變花樣，不喜歡「照方抓藥」，書店的食譜完全賺不到我的錢。

其實最好吃的菜還是家常菜吧？家人也承認我做的砂鍋魚頭，在外頭的餐館吃不到；瓠瓜餡兒的水餃可算是獨門兒。另外，還有值得一提的麻婆豆腐。那是剛上大學不久，在學校後門的四川飯館，我以晚輩的低姿態，打著川語套交情，站在爐灶旁跟「營長」主廚聊天見習來的。前幾年去成都，到了「陳麻婆」的店，當然要點一道麻婆豆腐。品嘗過後，我問我此生見過最好吃的「他」覺得如何，他的評論是：如果我肯像他們那樣多放點油，就一定可以超過「陳麻婆」的嫡傳，不過，現在也不比他們差。也許這是過獎之詞，但我發現，做麻婆豆腐有一個竅門，這家老招牌店卻沒有使用，是圖省事還是不知道，就不曉得了。

舉例說這些，無非是要證明，我絕非無能。事實上，我並不排斥享受美食，但一定要配合心情與環境，湊合成一個情趣。否則瓜就是瓜，果就是果；山珍海味若僅是果腹的食品，那也就只是無生命的食「物」而已。許多食材要靠配料抬舉、靠技術畫龍點睛，而某些吃食是否美味，不但會因各人的喜好而異，也常常會跟心境意趣相關。

一個最不講究吃的，和一個最愛吃的生活在一起，要決定如何伺候口腹，我寧願做一個只配合而不出聲音的人。每次出遊，我的活兒是安排交通、問旅館，他則是四處打探名菜、名廚、名店，常常抄上一大張紙。雖覺無此必要也不感興趣，但絕不阻攔，倘若橫加干涉，就煞風景了。

那年的春假，我把周末和國定假日加起來，再調一天課，總共十一天，兩人做了一趟「追尋歷史腳印之旅」，到西安去探古。我們把行程交給考古界的朋友，由他們安排導覽，希望好好地「飽餐」一頓；那不是蜜月而是「密月」——密集地參觀古長安附近所有的歷史古蹟和博物館，相信很多人十年也沒參訪過那麼多的博物館。掐頭去尾，再扣除因為西安機場關閉，停留香港而耽誤的一天，整整八天。每天清晨出動，傍晚「收工」，絕不浪費一點點時間。所有有名頭的地方全都走遍，而且大多不是走馬看花，所以不能單以景點來計算。

我們走過的地方簡直是難以盡數，如馬嵬坡、法門寺、碑林、半坡、扶風、周原、咸陽、秦俑等博物館，和陝西省的歷史博物館、考古所標本室、西北大學文物陳列室各史蹟與文物典藏所在，還有上攀秦陵、茂陵、昭陵、乾陵、霍去病墓、武則天母親墓，或下鑽入永泰公主、章懷太子墓穴等等。我們更特別走訪驪山的華清池，見識到才剛開放不久的楊貴妃沐浴的「海棠湯」，與唐明皇的如小游泳池一般的「蓮花湯」。「泡湯」的盛行並不始於今

日，遠在唐玄宗的時代就已十分流行，皇帝泡、妃子泡、王公貴族泡、官員泡，連宮女也有她們專用的泡湯處。這些自然後來也有人見到，但許多場景和文物確實是我們先睹為快的。連貫的、連續的秦漢隋唐文化遺產的精髓，在我們的腦中溫習了一遍。再行過灞橋，尋涇訪渭，哇！那種與前代文人詩家共享勝景的激情，讓人不能自已！

登上長安城那可跑馬、行車的古城牆，從最南的門闕順著唐代的朱雀街、承天街極目北望，一眼就可望到最北昔年玄武門的方位。這筆直的中軸線，劃分了整齊對稱的城坊，歷經千餘年，氣派仍在，霎時間歷史都回到心裡來了。我們更請人帶我們到那離「西市」不遠的開遠門遺址，體會一下置身絲路起點（也是胡商東來的終點）的感覺。雖然市場的格局早已打破，商業活動到唐代後期已進入坊巷，開遠門的故地已無遺跡，而被新造的胡商與駱駝塑像所取代，卻正好符合一些墓道壁畫中「萬方來朝」的畫景，印證了大唐開闊包容的胸襟。那貼近歷史的感應，令人飽足得不再有任何奢望與念頭。在臺北仰望那小小的、淳樸的北門城樓，心中的感受是緬懷與感動；站立在高高的長安南城牆上，垂視地面的車水馬龍，心中有的則是寬闊和驕傲。

可是身上有「饞蟲」作祟的人，除了這些，尋覓美味的慾望永不饜足，在穿梭於遺址與博物館之間的夾縫中，將「獵味」的行動認真插入。因為有人代為操持，不用花任何腦筋，便能嘗到所有的風味美餐。說來也慚愧，心中早已被知性的感悟所填滿，再也塞不進飲食的記憶。儘管店名也留在「起居注」上，那風味卻早已忘懷。還是……因為對橋梓口先入為主的印象阻擋了一切？

去橋梓口時沒有人帶，是兩個人自己摸去的。剛到西安的那一日，經過了歡迎程序的應酬形式，天已向晚，節目待明日開始。還沒等客人走出房間，他便悄悄地在我耳邊說：「待會送走他們，我帶你去吃好的！」好不神秘！究竟要吃些什麼呢？

「打」了一輛車，他故意用陝西腔說去「巧資扣」。那時的西安，入夜後街燈黯淡，人對面相看，幾乎連對方的臉都看不清，彷彿有點探險的味道。說著說著就到了。這一帶可是燈火通明、人聲鼎沸，一家挨一家都是小吃攤。這時，我有點犯嘀咕，想起了B型肝炎的警告。他說：「沒關係，是煮滾了的東西，不用怕。」轉念又想，既然都來了，就如他一樣「視死如歸」起來。找了一家小攤，把自己插進矮桌、矮凳的人叢間坐下。

經過一段「牛頭對上馬嘴」，把方言「加優質」聽成「加油脂」的有趣對話，終於點了我們所要的，不加料的原汁、原味、原樣的牛肉泡饃。

店家分給每個人一個粗瓷碗，一人一個硬麵餅（饃），我學著大家將其掰成骰子一般大的小塊，掰起來還挺費手勁的。掰好後，伙計來端走，不一會兒，兩碗熱騰騰的泡饃就被端

了回來。裡面雖然沒有加「優質」，卻也加了粉絲、黃花菜之類的配料。喝一口湯，啊！真是鮮美至極，牛肉竟可以煮出這樣不凡的味道！舀給他幾湯匙後，我居然全吃光了。那是我第一次見到並試吃泡饃，後來從大陸吃到臺灣、美國，吃了很多很多次，但還是橋梓口小攤上的最好；連西安最有名的同盛祥也比不上。

饃飽味足，我們離開了那地方，剛出橋梓口的巷口，他突然站在昏暗的路燈下不走了。「臘羊肉！」他的語調充滿驚嘆和興奮。雖然兩人都已經「滿」了，到底還是買了一個夾羊肉的饃，一人一口地就在馬路上邊走邊吃起來。好在路上已透黑，沒人看得見我們放縱的吃相；儘管我不甚習慣這麼「粗野」的吃法，仍然必須承認，那饃真是極品。

春寒料峭，夜風吹襲，站在街邊叫車不易，我開始打起哆嗦來，縱使有臂膀用力圍著也沒用。總算攔到一輛車，開回了旅館。他抱歉地笑著說：「把你凍壞了。」

「沒什麼，值得！」我回答。這是我真正的感覺。

「你覺得西安什麼地方最好？」飛機降落臺北時，他問我。

「長安憶……最憶橋梓口！」我不加思索便回答。

是的！直到今天，我還是這麼想，風景和古蹟都是屬於天下萬民的，橋梓口的記憶才屬於我自己！

此地不再有戰爭

臨出發前，女生都把頭髮結成辮子，因為我們要去兜風了！這的確是真正的兜風，車內不放冷氣，車窗全開，當汽車疾速行駛時，每個人的頭髮都被吹得直立起來，回家就梳不開了。我的頭髮太短，編不成辮子，只好找個紗巾把頭髮包起來。拿護照、灌水瓶、備零食、餵狗、關門，終於要上路了，我們要去瓜地馬拉逛市場了。

說是要到Los Flores買一個噴農藥的泵浦，實際上，女兒是想帶我做一趟「采風之旅」。娃娃們知道要出去玩，不管到哪裡都高興，興奮得連早餐都沒心吃。在我的認知裡，貝里斯這個小國，也許物質文明不夠先進，卻有著其他國家少有的祥寧安定，相較於多年飽受戰火蹂躪的瓜地馬拉，應是富裕得多，不知為何要去瓜國逛市集？尤其我還有一重顧慮，萬一殘存的游擊隊還在，碰上他們與政府軍開火，到時這一車人都成了俘虜，那可怎麼辦？我的想法讓大家大笑不已，瓜地馬拉早已不是那個遍地烽煙的地方了。

順著西部高速公路走，沿途皆是亮綠色的農園和林野，掃過車窗的空氣全是無污染的純淨，不知進入瓜國後，會是什麼樣的情景。我想，即使瓜地馬拉境內不再打仗，一定也殘破不堪，有什麼可逛的呢？但能多到一個國家看看也不錯，就算殘破，也有殘破的歷史風情。

由Benque過邊境非常妙，那所謂的邊防重地，只是一幢不大的房子，一邊屬於貝里斯，另一邊屬於瓜地馬拉，出境、入境都在那個平房裡辦手續，倒是非常方便。人在房子裡走過去，車子除了驗照之外，還要消毒、灑藥才准過關。出貝里斯順理成章，當然沒有問題，沒想到進入瓜地馬拉也是那樣方便。我的中華民國護照很受優待，要拍攝那處關卡，做個資料紀錄，那位最高層的移民官員就笑著，十分配合地擺了個pose，當我的活動佈景。記得一九九七年初次去貝國，途經洛杉磯，在候機室內，兩、三百人擠在一起，有個西裔青年越過人群走了過來，確定我們如他所料，來自臺灣，立刻和外子熱情擁抱。當時的確有點受寵若驚，怎會如此親熱？到了貝里斯後，聽女兒們說才知道，瓜地馬拉決定用臺灣給予的援助款項作為結束內戰的經費，甚至一些貝國的瓜地馬拉難民也能受惠。長時間的內戰終於要結束了！是臺灣幫他們籌措戰後安置的費用，解除了老百姓最大的痛苦，瓜國人民都知道，所以由衷地感謝。

穿過熙熙攘攘的小村鎮，我們正式地行駛在瓜地馬拉的公路上，駕駛人下令大家坐好，因為要「爬山」了。說是山，未免有點言過其實，不過是一些起伏的小丘陵，車行比較顛簸。因為下坡的時候速度快，產生了飆風的效果，於是我頭上的紅紗巾包不住了，疾風拍打著我的頭髮，真把我變成了「立髮委員」！但我顧不得這些，我要仔細看看這裡，因為這一帶原來就是戰區。可是，這裡現在看不到一絲戰爭的痕跡，全是綠油油的林木和田野。「唉！」旁邊有人嘆息了。那一大片一大片的土地，原本並不是沒有主人，但一夕之間，戰火毀去了田園家宅；家人死的死、逃的逃，僥倖逃過一劫的人，出奔他鄉，成為家破人亡、寄人籬下的難民，也有才十三歲就加入游擊隊的少年。民心不服的政情、破碎的經濟、連綿的鬥爭和激戰，打到最後，兩造都疲憊了，老百姓已經受夠了，有大智慧的人才各退一步地談判，決定結束這場內戰。但多少年過去了，已經浪費了多少年的光陰？犧牲了多少無可挽回的生命？破壞了多少溫暖的家庭？摧毀了多少人的幸福？這就是戰爭的罪惡。尤其還是內戰！感謝天，一切都過去了！這片土地大片大片的綠，裝飾得既純潔又安祥，再也看不見兵災的殘痕。

因為這一路屬於山區，自然看不見「我家門前有小河，小河裡有白鵝，鵝兒戲綠波」的畫面，但也有不少的民宅，顯然居民回流了。有些房舍還蠻氣派的，築在小山坡上；有的就普普通通地建在路旁，從材料上看得出，房主不是富有的人，不過，小院兒裡也盛開著多種

爭香鬥豔的不知名花草，繩子上晾著大人和孩子五顏六色的各式衣衫；偶然還有沒見過世面的狗對過往的汽車叫幾聲，然後又夾著尾巴坐回門廊賞街景去了。這些景象中已經聞不到彈藥味，也看不見曾捲入戰火的悽悽惶惶，這裡的居民和其他太平社會的百姓一樣，過著自我的小日子。

近午時分，終於到了St. Elena。由於沿途都在修路建橋，所以遲了些，原本可以早些到達的。努力建設是好事，卻苦了我們這些趕路人。到了這處小城鎮，大家已是又渴又熱，什麼事都不想做、不能做，趕快找了個地方吃吃喝喝。西班牙式的瓜地馬拉餐廳，同樣風格的音樂、同樣口味的食物，塑造出邊城小鎮自詡自尊的高貴，食客也以同樣的悠逸來享用他們的午餐，受戰爭壓迫的人們大概不會有這樣的神態。吃完飯、買完噴藥泵浦，在超市裡找到好吃的麵包，然後就直奔百貨市場，那才是此行最重要的目的地。

百貨市場當然不是百貨大樓的型態，而是像臺北以前的中華商場和現在的士林夜市，同時也像成都的服裝一條街、地下皮鞋城，但貨品更多元化，而熱鬧的情況和前兩地相較，絕不稍讓。那裡賣什麼的都有，從電器、ＣＤ到化妝品、新娘禮服；從兒童的髮飾到體積巨大的建材工具，來自世界的各種商品，無所不備，讓人眼花撩亂，難怪小孩們這麼愛來。我向來不喜歡「瞎拼」，更不喜歡人擠人，可是這次例外，我喜歡看這些市井小民享受安閒生活時的快樂表情，也喜歡欣賞他們推銷自己的貨品、打拼掙錢的那種努力。他們雖曾在內戰的恐懼下度過多年的不安歲月，今天，他們已經可以和全世界的平民百姓一樣，過自己要過的日子了。此地不再有戰爭！

瓜地馬拉已為內戰所苦十數年，當政府思慮而後變得較為開明，自認受到壓迫的反對派勢力衡諸民心，同時也對長期武裝相抗感到厭倦，兩方便坐到會議桌上談判。最後的決議是，游擊隊放下武器，解甲歸田——凡交出一支槍者，就授予土地、給予資金，此後各歸各業，不再打仗。反對派勢力同意了這個條件，而政府卻有心無力，據知這件大事辦成，全靠臺灣納稅人支援了數千萬美金。許多臺灣民眾都為此罵過政府「凱子」，每年用一個月薪水都不夠繳所得稅的我，當然也罵過！但去過瓜地馬拉之後，我不罵了，因為終於有一處地方結束了戰爭，無辜、無助的老百姓們終於可以安心地吃飯、睡覺，並養大他們的孩子了。

對此，我很高興也很安慰，而我確實也出過一份力！這樣的凱子我願意當！

審美揚州

因為負責紐約華文作協「文薈教室」幾個鐘頭的「小說欣賞與創作」課程，以及「張秀亞紀念講座」的兩場演講，對於一些文學基本的東西思考得比較多，諸如美感、審美等等。事實上，縈繞於心的還不只這些，想起九月時去大陸開會，到幾處地方所興起的文人感懷，那些意念和今天的思緒糾葛在一起，面對著文學作品，心裡卻想著那「瘦瘦」的西湖，若是在被瘂弦尊為「美文大師」的張秀亞筆下，將營造出什麼樣的意象。

去了揚州，這地方儘管在古今騷人墨客的筆下見多了，但都不是我真實見到後的城市形象。我領悟到許多美學大師所強調的，審美絕非根據資料客觀、科學地分析，美感是來自於直覺的。對人、對地、對時、對物，每個人的感受都不會相同，是故認識到的美，亦不會相同。直覺的感受，假如用文學作品來比擬，揚州應該是散文世界的常人小品；非瀟灑豪麗或出塵清雅，但溫馨親切。

有人約我明年遊杭州，但我沒有強烈的意願，因為聽人說杭州西湖早已失去了天然韻致，其人工美，還不如揚州的瘦西湖。我已經去過瘦西湖，雖然二十四橋見面不如聞名，而我也未曾品沐過明月夜的湖光水影，那感覺仍是令人心動的。所以算了，我寧願對蘇東坡、白居易佇足過的杭州，留一份縈念追懷的美麗懸念。

今日這個歷史名城，我幾乎找不到一處城鎮可以和其相比，假如從定位來說，古之揚州是否可比作今之上海？兩者並不相像，少了些什麼又多了些什麼；如果類比現今的廣州，似乎還多了些特別的風采。也許，揚州就是揚州！而今天的揚州，似乎已卸下了貨財轉運、輸通東西南北的重擔，成了一處可安居、可休閒、凡俗人可安恬地傳宗接代，過一點舒心的小日子的地方。

從御碼頭登船，慢慢遊覽瘦西湖。畫舫裝點得花花綠綠，紅、黃是主色，俗豔中模仿的似乎是乾隆的故事，只是沒有民國早年文人記載裡添色的船娘，駛船撐篙的都是些穿西褲和皮鞋的中年漢子，讓人少了一些追隨乾隆下江南的幻想。後來在開封的「清明上河園」裡，見到為我們划小舟的古裝少年，若是將他換到瘦西湖的畫舫上，點綴在周遭的樓臺水榭間，一定可以增添一分協調的美感。

把這一切眼見的現實都丟在背後，斜坐船頭，從被垂柳蔭覆蓋、如蜿蜒小河般的瘦西湖中穿過，假如無人挑剔我華年已逝，那豈不是一幅美麗的畫面？三十六道菜的盛宴，唯有揚州可舉重若輕地備辦；滌髮濯足舊業的境界提升，使揚州人的面貌更多了文化的自信。但吹吹瓜州古渡頭的清風，卻會把紅樓夢境般的吃喝情景全都忘光，不知不覺地回到吟誦「汴水流，泗水流，流到瓜州古渡頭，巫山點點愁……恨到歸時方始休……」的年代，甚至回溯得更遠。

有人問，什麼在揚州最叫人動心，大家一定會搶著說：「瘦西湖啦！」其實非也！在那十分現代的「博物館」內的一角，經過那兒時，真會讓人走不動了。樹蔭內有處屋舍，門前挑著酒帘、懸著大紅燈籠，是邸店還是官酒店？看那規模，似乎不該是邸店。（自天可汗傳下來的優柔遠人、開放自由的遺風，加上各種因素的影響，讓大型買賣和國際貿易越來越興盛，邸店便越開越多，這樣的店內既可居人存貨，又可沽賣交易，還能融通資金，規模都是很大的。）那門臉雅而不俗，是在示意哪位有情調的節度使成為金主呢？我彷彿聽見絲絃輕攏、橫吹低唱的樂音飄送出來。是啊！那犯夜的禁令漸漸已成具文，揚州的夜生活領各地之先，其夜市最為繁華，正像那〈新嫁娘詞〉的作者——詩人王建所寫的「夜市千燈照碧雲，高樓紅袖客紛紛，如今不似昇平日，猶自笙歌徹曉聞！」追思遐想……把人帶到迷人的中唐風情裡去。

如今真是非常好的一個時代，有智有知的人終於不再以僵化的傳統觀念來詮釋歷史，那麼關於大運河的記憶，便不只是隋煬帝的虐政之一而已。它從南到北地溝通了中國東西走向的水系，真正享受到利益的是後世。而揚州躍登於最繁榮的歷史舞臺，興衰互替直至清末，在那樣的沃土上，產生了不少文學藝術上的傳奇人物與作品。如今入夜後，護欄上眨著眼睛的彩燈似乎在說：「我——大運河還在呀！」其實不必提醒，沒有人會忘記，就算有一天，運河的水全乾了，它依然會在後世子孫的心裡默默地淌流著。

但偏偏沒有人提到那個曾坐在楊貴妃膝上，七、八歲便被授為「秘書正字」的神童劉晏。成年後為官的他，曾使揚州在商貿發展方面居領袖地位之外，又賦以轉運國計資源的大用。於是揚州更重要，也更富裕了。但在政爭不斷的年月，他的下場竟是獲判死罪。許多年後有所謂的「平反」，可是又有何用，誰能使枯骨重生？而後代似乎把他給遺忘了，至少我到揚州時，沒看過任何資料提到劉晏對揚州的影響。他只能活在舊唐書、新唐書等等典籍中。想到了他，便用尋美的眼眸透視那處叫「廣陵」、「江都」的地方，心中不免有些悵然，這種憾悵，似乎只能算做一種缺陷美吧！

蕭邦旅社

在九月的暖陽下獨自浪蕩於巴黎街頭，是什麼滋味？

如今去過法國的人太多了，很多人或許會說，他們對這個地方沒有感覺。「該有什麼感覺呢？」我就曾經被人這樣問過。我無法回答這個問題，因為每個人的經驗和感應不同，假如他會這樣問，就表示他沒有什麼感覺，而且最主要的是，絕少有誰肯一個人去那樣暖和的地方，品嘗孤單的滋味。但因緣時會之下，我領會過那樣的怡趣。

那個年月，出國旅遊在臺灣還未流行，甚至還算奢侈的消費，旅途中很難碰見臺灣人，獨自去環遊世界，便等於選擇了絕對的孤獨。我選擇這樣的旅行方式，許多人都說太過怪異，踽踽獨行地走過繁華世界，漫漫旅程中，連個說話的人都沒有，該有多麼寂寞。其實，孤寂也是一種況味，至少我曾非常喜歡那種感覺；那樣的境景，讓我的思緒格外澄淨深銳。

至今還有人問我：一個人初次離家，在一些連英語都不通的陌生國度漫遊，難道心中不害怕嗎？從前，我頗喜歡表現一點兒女子氣慨，羞於承認，也曾感到畏懼；其實讓人完全沒有不安情緒的，只有巴黎。那裡厚實的文化積澱，能吸引人卻不懾嚇人，就是在街頭遭逢向人挑逗的男子，那眼神都不那麼具有壓迫感，不像義大利的青年，吹一聲口哨，就讓人驚得要落荒而逃。

一個大皮包、一個舊相機、一雙穿舊了的鞋，便是我最貼心的旅伴。從登程到結束，都與我相共，在人生的旅程上，雖然只有短短的三個月，卻如同經歷了一個輪迴。如今我膽小了、世故了，那樣天不怕、地不怕的心態，被教訓得全消失了；許多以前敢做的事，現在都不敢一試，不過，我依然懷念獨行天下的自由自在。不管唯物論怎麼盛行，我都認定，在可以忍受的物質條件下，心靈的享受才是無可取代的，所以，儘管是寒素的第一次經驗，卻無法稍忘，那是不願與任何人分享的生活體驗。不僅僅是因為那次回國以後，在創作上更增添了許多動能，而是視野的擴展和與生俱來的秉性相融，造就了一個更新的自我。

我永遠記得，在巴黎舊市區一處小商場盡頭的那家蕭邦旅社（Hotel Chopin），那是一家舊式的家庭小旅店，建於一八五八年。我曾在那裡窩了四天，可愛的四天！假如沒記錯的話，我是住在四一三號房，也就是住在五樓，每回房間一次，就要爬一次那窄窄的迴旋樓梯。因此，每次下了樓就不想再隨便上去，總是收拾齊全，到二樓用過那非常醇香的家常歐式早餐，就出門活動，直至天黑。我跟三件「隨身旅伴」說：「咱們玩夠了再回家！」

行程除了參加所謂的繞城一周、參觀凡爾賽宮、見識巴黎夜生活，並在最後搶時間造訪了羅浮宮，其餘的時間，大都浪蕩於巴黎街頭。說句老實話，在體會法國歷史文化的芳香之外，我對於漫無目的地閒逛的喜愛，遠超過刻意想去看什麼。那時候的臺灣，還是清潔而清淨的，聲色犬馬式的娛樂仍屬禁忌，因此諸如脫衣舞、上空表演之類的節目，都是該見識見識的項目。我也未能免俗，隨同旅館的人，於午夜時分去了一趟Lido夜總會，而我的結論是：不過爾爾。這使我更加覺得，沒有去Moulin Rouge是一個錯誤的決定；想去紅磨坊，並非要看法國女人的大腿，而是很想體會一下巴黎舊日俗世浪漫的風情。我確實有點後悔，依我的處事習性，竟然不敢試試孤身花都夜行的逸趣，這很不像我。

蕭邦旅社號稱是三星旅館，從設備與服務上來看，也不過第五等，房間內的洗手間真的只能淋浴、洗手而沒有其他裝設；床上的枕頭不像枕頭、被子不像被子；床桌和衣櫃應該都是十九世紀的家具，睡到半夜，櫥後的牆角還會嘎嘎作響，彷彿是幽靈在示威，抗議我侵佔了它們的地盤。旅店的櫃臺小姐更吞了我的郵票錢，把我託寄的卡片扔棄了，朋友都說沒有收到。可是，我還是相當懷念那個小屋。當我倦遊一日之後，回到屋裡，將雙腿架在床欄上休憩，沒有比那更舒服的享受了。我原諒他們人性的缺點，只記得我所感受到的溫暖。

我特別喜歡拿著一張地圖，穿街走巷，一處一處尋找我想看的地方，以彌補參加當地「到此一遊」敷衍式行程的不足。如此一來，我不但能在羅浮宮畫廊內從容拍照，更可以在De La Concorde的柱前觀數香舍麗榭大道上的車流。午後的公園內更是看人的地方，老的、小的，還有不老不小的。推娃娃車的年輕媽媽、背著大旅行包的青年遊客，還有畫了小丑臉譜、吹奏小喇叭的東方音樂家；看到各色各樣的悠閒舒放，都非常暖人心懷，只有在看見用音樂討生活的街頭音樂家表演時，令人心裡沉重，讓我把一頓晚飯錢都丟在地上的帽子裡，以致我只買了一捲法國煎餅充飢。

出去走世界，當然要看風景，但風景並不僅限於自然景致和人文景觀，也包括人群社會的百態。鏡頭能留下的只是景物和人的剎那動態，若要把一個完整的故事記下來，還是必須將之刷印在心裡。

我絕不會忘記，在艾菲爾鐵塔下遇見的那位來自香港的王先生。在國外，中國人交談時也必須先使用英語。說過第一句話之後，知道可通國語，便會以國語相談。獨自一人，要將自己攝入鏡頭，必須請人幫忙，那麼同胞就是優先請託的對象。與王先生互話，就是自以英文互請代為拍照開始的。兩人還談起在法國的旅遊項目，困惑的我，便把十分想去紅磨坊，而同旅館的人都去麗都，我若是去紅磨坊，勢必要在清晨四點一個人回住處的事說了。

王先生聽了我的話之後，很誠懇地說，一個年輕女子，早上三、四點獨自往來，確實不宜，他和他的朋友也要去紅磨坊，等看完節目，他們再一起送我回旅館。他們說，要我不要在意會麻煩到他們，因為能在海外相遇也不容易，能有機會護送我，他們非常樂意。於是我們約定了會合的地點，如果過了時間我還沒到，就是我不去了，他們就不等了。我考慮再三，最後還是辜負了他們的好意，畢竟萍水相逢，只談了十五分鐘話就那麼麻煩人家，會令我無法心安。我雖然未曾相煩，卻始終心存感激。王先生當年已是五、六十歲的人，現在至少也是七十出頭的老人家，希望好心的他福壽康寧。

找了幾個指標來檢驗巴黎，那裡的街道不是最整潔的；花不最紅，樹不最綠；空氣很不新鮮；聞名世界的賽納河，在日間也是見面不如聞名，美僅是在柔柔的夜裡。和歐美的各大名城相比，這些方面似乎都差一點，但我就是喜歡這個城市。巴黎是那樣的人性化，很適合自然而自由的人，過點兒隨興隨意的自在生活。當然，這也許只是過客的心態，巴黎人一定也有生活的壓力。可是，能做個慵散閒適的過客，也是件難能可貴的事。

二、三十年過去了，我時常惦念那樣無所畏且無所謂的我；至少浪蕩於巴黎街頭時，我的心裡是沒有載不動的俗世憂愁的。那樣的享受雖然很短暫，卻讓我感到無比幸福！即使現在再獨遊巴黎，恐怕也無法重溫原來的心境了。

昨夜，我又夢見回到蕭邦的四一三號房，床上的棉被仍然短一截；櫃子後面響得更厲害；還是沒有全套的衛生設備；熱水管又壞了，但我依舊興致勃勃地拿著地圖，從小旅店走到歌劇院去。旁邊那家中午時用餐賓客都身著正式服裝的Café De La Paix仍然開著；吃過兩、三回的那個叫什麼園的中國小館，酸辣湯還是挺正點的！一切真的都沒有改變嗎？哦！似乎都還是原來的樣子！真不知道！只希望那個能容許散淡的人做做浪漫之夢的花花世界依然如昔！

羅馬美景

至今仍會時常想起那個人，一個貌不驚人的義國漢子。方臉大眼，雄壯偉岸；身高恐怕不止一百八十五公分。說話時沒有義大利人慣有的誇張手勢和高分貝的語調，應該有四、五十歲了，不然他不會叫我：「young lady」，而應該要說：「Yes, Madame!」

存了一年的筆耕之資，終於可以跳出指南山下那個旮旯，一個人到歐美好好地逛上三個月了。那是臺灣開放觀光的前一年，去歐洲旅行還不是那麼流行，沒有團可以參加，況且我偏愛獨行天下，所以不但計劃單槍匹馬地四處闖闖，還堅持把「賊城」羅馬也包括在內。

給歷史底蘊豐厚的名城那麼一個稱號，不是我的褻瀆之作，這乃是根據華洋眾人的論述與描寫綜合出的定義。那個年月，搶劫事件在臺灣還不多，家中長幼就如歐洲先進國家的國民，把義大利看作落後、不長進的國度，擔心之餘，還提出各種資訊作為論據，勸阻我前往「涉險」：那裡詐騙、偷搶、劫殺無日無之，還有滿街趕不走的黏纏乞丐和邪里邪氣的可怕

男人；到別的地方走走看看就好了，羅馬別去了吧！

羅馬怎可不去！不！我要去！

安排歐洲行程的姐姐倒沒阻攔，但她堅持結伴同往，一起參加由瑞士出發的旅行團。還沒出門，我已頻頻接受上發條般的行前教育，弄得人十分緊張。不過，我總認為這是因為瑞士社會太清潔、瑞士人素質較高，保守的優越感在作祟，才這般如臨大敵。不料一到目的地，才剛進旅館，帶團的導遊便立刻召集大家訓話，強調護照、機票、錢財必須交託旅館櫃臺保管，不能放在皮包裡帶著上街；不要放太多錢在身邊，說著說著，就示範性地從衣領內掏出一個小皮包來，強調錢要那樣帶才比較安全。就在前一日，有一位女士被搶去了皮包，還受了點傷，因此千萬不可掉以輕心。

真是糟糕，馬上成了真正的驚弓之鳥，節目都還沒開始呢！如此緊張，讓人好不沮喪。為此，姐妹兩人還特別一人添購了一個半個手掌大的小錢包，只放入一點小錢就掛在脖子上。走到街上後，看見許多蹙著眉頭、雙手緊抱皮包的女士（歐洲人因為有著優越感，武斷地認為，那些都是美國女人），相信只要有人在她們身旁咳嗽一聲，她們可能就會嚇得跳起來。見到這樣的實景，心裡的發條便扭得更緊了。

雖然本想出來享受一點輕鬆的感覺，卻被弄得人神經兮兮的，不太歡喜，但走過尼祿的圓劇場、夜遊過教皇夏宮帝臥里（Tivoli）、探過龐貝古城，以及到過梵蒂岡，見識到自少年時代便最崇拜的偶像米開朗基羅的畫作與雕塑等等，還是覺得非常值得。什麼都看了，豈可不去「瞎拼」？所以，我們也被帶到柯索路（Via Corso）與南松納里路（Via Nazionale）去，那是精品店集中的區域。

那一日是星期六，下午兩點預定去Castelli Romani，上午沒有節目，排的是逛街購物和自由活動。不想免俗，便也上了街。逛著逛著，看見一家大皮貨店在打折減價，一件黑色的皮革長大衣掛在櫥窗裡很打眼，剪裁和線條皆屬上乘，竟才約九十美元！想想機會難得，便和姐姐說：「那件衣服好像是我的尺碼，我要看看；也許後面的行程會用得上。」回頭走進店裡，請店員拿來一試，除了袖子太長之外，確實像是為我量身訂製的。

我很高興，他們也很高興，終於等到一個像我這樣「可以裝得進去」的買主。我決定買了！他們也願意立刻修改袖長，說稍等一下就好。但我可不行！若是手邊的錢夠，在附近轉轉，喝杯咖啡，就能拿走了。但錢帶得不夠，只好付了訂金，多跑一趟，回旅館拿了錢之後再來取。店家再三叮囑，必須下午一點以前去拿，因為他們一點整開始午休。姐姐穿了一雙不順腳的鞋子，無法再走一回，我勇敢地向她保證，這路我已走熟，我可以獨自前往。於是，她終於放我單飛。到飯店的櫃臺拿出寄放的旅行支票，帶著地圖，我便出去了，當時是

十一點半。路的確是走熟了的，三、四天以來，除了整團出遊，城裡的地方都是我們「走訪」的。但有些走路以外的情況，我沒有計算在內。

羅馬舊城除了雕像多、噴泉多、廣場多以外，古老房屋之間的陰影也多。那陰影給人的感覺，不是歷史積澱的的沉重，而是一種陰暗酷冷的壓迫感。前往科索路的方向，應該是出了旅館，走到第一個陰影處轉彎，但那天有個異樣的狀況，恰好有兩名男子正在那裡聊天，眼見一個東方女子獨行，便把目光都投注在我的身上。一會兒之後，其中那個矮壯的離開了，剩下那個頭髮遮住眉稜的傢伙，縮在陰影處，斜眼盯著人瞧。我兀自裝作泰然，準備從他面前走過。前兩天有姐姐同行時，我還被無聊男子嚇過一跳，眼前這個情形，實在讓人有些發毛，連我的耳朵都聽得見自己的心跳。我只能跟自己說：「沒什麼好怕的，別慌！」誰知快要走到那傢伙的面前時，他忽然吹了一聲口哨。這下糟了，我再也無法鎮定，真可說是落荒而逃，從一條平行的路岔了出去；我心想，平行的路頂多多走幾步，同樣可以到達目的地。

哪知道越走越不對，這路好像平常走過，又好像沒走過。想問路又不敢亂問，只好挑穿制服的或老人家問，一路打聽索科路要怎麼走。好不容易到了科索路，看見一家「好像」是那家皮貨店的，走進去之後，才敢從襯衫領口的小錢包裡拿出那張收據來。店家看了之後說，那不是他店裡賣出的，我買大衣的那家店是在南松那里路。這時的我，像是被炮彈震昏了一般。我聽了聽他們的指引；實際上根本也沒聽清楚，就衝出門外狂奔，完全不辨方向。

當時我心想，哪怕就像人家說的，計程車司機特別愛害觀光客，載著亂繞圈圈，動輒敲詐兩百美金，我也要叫一輛計程車了。因為能不能拿到衣服猶在其次，我必須在時限內回到Hotel Malani才行。附近沒有計程車，只能朝著可能的方向尋覓。七轉八轉，穿大街走小巷，下了一大堆臺階，還走過空無一人的廣場！再走！哦！再下一大堆臺階……那處廣場上有三輛車停著！我催促自己：「快走！快走！」一定要「搶」到一輛。可是待我走近，其中兩輛已經開走了，剩下的一輛卻是一輛空車。完了！完了！跑了老半天，竟是一場空，還不知自己身在何處。身體軟得再也走不動一步，向車窗內探看，很想大哭，但又不願把臉丟在羅馬。

那時，「他」慢慢地走了過來。高大的他，垂視著這個渾身冒著熱氣，像剛出蒸籠的饅頭一般，滿臉是汗的狼狽東方女人。他的眼皮動了動，沒說什麼，拉開了車門，做了個請我上車的手勢。我把收據給他看，力竭地告訴他一點鐘以前要趕到，便立刻鑽進車裡。他笑著說：「No problem!」便發動了車子。一路上，他還連連安慰我：「Young lady, don't worry! don't worry!」

十二點五十一分趕到了店裡，店家說以為我不會來了，他們已經準備要歇晌了。我笑了笑，只是取了衣服，什麼話都沒說，然後又火速衝出店門，告訴他，我兩點以前一定要回到旅館。他似乎只會說那兩句英文，微笑地做著手勢，讓我放心。一點二十分回到Malani，顯然路並不太遠。他不曾刻意繞路，按跳表收費，更是大出我意料之外。我無法表示我的感謝，只能笨拙地將小皮包裡所有的錢全都給了他。

對於他，我只有感激。不只因為他的體察、理解和善意，在我極度慌亂之際，像守護神般地幫助了我，他還洗刷了羅馬昭彰的惡名，挽救了我對羅馬人的徹底失望，和對人性的失望。因為他，我才能說，那可能是一生一次的羅馬之旅，不虛此行，了無遺憾。那件長角羊皮製的大衣，護我完成了後來的深秋旅程，也陪伴我走過十數年的寒冬，直到我穿不下它為止。看著、穿著那件大衣時，我都會溫習一遍那時的場景，那已成為我永遠的回憶。如今那衣服已不在，但我還是會想起他，那個義國漢子敦淳誠厚的神態與溫暖和煦的笑容。

上海風華

想想九月的大陸行，有點興奮，除了應邀三訪鄭州大學的學術之旅，在上海還先有一場文友聚會——海外華文女作家協會雙年大會要在上海召開。上海，那曾經大開我童年眼界的地方，久違了！

最初的上海經驗，除了姐姐和我的電車探險與四大公司尋奇的記憶，就只有法國梧桐蔽蔭著的美麗霞飛路。一九八九年夏天再去時，霞飛路已變成了淮海中路，有些市民在梧桐樹間拴上繩子，曬起了灰撲撲的棉被，看起來有點兒突兀。不過我頑固地認為，這不是上海的真面目，她一定會風華重現。在我童年的印象裡，上海的面貌是二戰後十里洋場式的繁華，但待我走入知識境界之後，認知卻有了完全的改變。從研究工作中我得到一個結論：上海不只是個萬花筒，它同時也是個百寶箱，無論是經濟的、文化的，在歷史上都要記上一筆。

提到沉入歷史的租界，國人都會恨得咬牙切齒，可是在清末到二戰的次次無奈危難中，

那裡也曾容納、庇護了不少革命志士、思想家和文學家。那些驅動風潮的人，扳著手指算了幾回都算不清。梁實秋就曾說過，當北方因軍閥上臺而擾攘不安時，一些教授與作家便不得不「逃荒」到南方，上海成了很多作家、學人安身立命、發光發熱的新天地，他們的才情和智慧，也為上海增添了文化氣息。自五口通商開始，上海慢慢成為全國的經濟中心；十九世紀中葉，遠東最高的大樓就是上海的匯豐銀行。洋員建立的中國海關儘管是「挨打外交」下的畸形產物，卻開創了新制度並保障了國家的財政收入，而當一九二八年終於關稅自主時，江海關引領群關的角色依然未變，那雄偉的大樓至今仍聳立在外灘，成為我心裡與實質地標（這地標亦如天母圓環）的一景。

其實春中故地的特色不只在於實際的建設與外觀，主要還在於內涵。多少三〇年代的作家都曾羈身滬上，比如魯迅及他所收的一批私淑弟子，都是從那裡再出發的，又如保有魯迅的一雙拖鞋留作紀念珍品的蕭紅，遺憾僅曾通信而未能親見魯迅，卻參與了送葬行列的端木蕻良，以及從孤島天堂走出來的錢鍾書和張愛玲等等。這個風氣，除了文革十年之外，可以說一直延續到今日；不僅是學術科技，文學藝術亦領風騷，這才是上海最豐富而寶貴的內容。

有時會想，認同感不只是享受資源而已，能夠有所貢獻或奉獻，會更有歸屬感。移居海外的前幾年，受大陸文友之託，為新上海圖書館的「名人手稿館」聯絡、蒐集臺灣作家的手稿，我勻出時間，出資、出力，發「英雄帖」或者面邀，得到熱情的回應和支援。如今的作家都以電腦作業，這批手稿已成為難得的珍貴文學史料。想到這一點，我就感到非常快樂！我也為上海的文化和文學風景塗繪過顏色啊！

前年，在德國巴鴻堡的海外女作家協會雙年會上，有人提議，二〇〇六年的大會到上海舉辦，幾乎獲得了一致通過。除了經濟發達和交通方便的優勢之外，上海在現代文學發展中所佔的地位，也是大家最重視的一點。經過十幾年的建設和努力，上海風華已然復現，光燦耀目！來自世界各地的文學姐妹們，都很願意為她更添瑰彩。

輯四

文學因緣

走入狼的王國
——大小說之《狼圖騰》

世界華文作協紐約分會的「文薈教室」開辦了文學欣賞班。忝為文化義工，在開課前我便知道，這是一個擬將文學推向華人社區、豐富華人大眾精神生活的實驗。客觀方面，我無能為力；主觀的部分，則自我要求，以如履薄冰的心情挑戰自己，做好應承下來的工作；其實我很沒出息，離開講堂已有好幾年，多少有點想念。

三位同仁推出的課程都屬古典範疇。思考之後，忖量總要有人擔任現代文學的部分，於是選了一個很多人不解的題目：「大小說，大河小說」，而指定閱讀選本則是姜戎的《狼圖騰》與東方白的《浪淘沙》。說來慚愧，《浪淘沙》因為公共圖書館沒有那多藏書，六十三個分館中只有三十一個有中文書籍，還不是每處都有這部作品，無法借來足夠的學員用書，最後只落得由我單絃獨奏，完全無法討論，心裡不免有些挫折感。《狼圖騰》遂成了唯一閱

讀欣賞的選材。

有人不知「大河小說」是何物，還以為是臺灣本土作家發明出來的名目，而這些作家本人也不接受這樣的誤認，他們說，在西洋文學裡原有「Novel Stream」的說法，像《戰爭與和平》就是。依我個人的詮釋，「大河小說」乃是舀大海之水濯我心胸，構成震盪生命的感悟，並把歷史長河裡的支流與時代思潮裡的浪濤匯融到作品裡的小說。

「大小說」這個名稱，倒是我自創的；來此的前幾個月才知道，吾道不孤，原來前幾年已有「大散文」的流行。不管有多少人對余秋雨解釋歷史有些意見；夏堅勇在觀察史事時，偶爾也有照顧不到的時候，會為他覺得可惜，然而那樣的胸懷與眼界，不再只是描花繪草，情嘆悲詠，把一腔的真情、真知、真領悟，用大筆法縱心播放，為散文拓展出大天地，讀者感到喜悅、歡迎是應該的。而小說當然也該有這樣的作品。《狼圖騰》就有這樣的境界，除了談人與人之間的問題之外，還把小說的穹蒼拓展得更廣、更高，作者姜戎觀照的是狼與天、天與人、人與狼之間的關係、感應與互動。

「大小說」與「大河小說」其實二而一也，只是，「大河小說」在臺灣某些作家的筆下，常常著重於與臺灣歷史的聯宗，似乎反把「大河小說」定了型。若讓我選一個名稱，我願意用「大小說」概括一切，至於約定俗成的所謂「大河小說」，應該是包括在「大小說」

中的一個類型。「大小說」與一般習言的社會小說、身邊小說、情懺小說、鄉土小說、譴責小說、推理小說、抗議小說、戰爭小說……的不同，是在於格局的、氣勢的、題材的、篇幅的、筆法的、架構的、視野的、思維的、意識反射上的廣大。有些小說家不是沒有心，而是不願花那麼多心力去經營，或者經不起那樣的折磨；甚至真的只能細繪小品，不擅巨筆潑墨。《狼圖騰》除了將場景由一般的鄉村或都市拉向了大草原，在氣勢與格局上，也讓讀者走出了門、跳出了窗、翻出了牆、奔出了街廓、越過了尋常山水，跑向難見邊緣的大世界，立刻天寬地闊起來。

作者以全知觀點建構這本書，所以他不但可以進入人心，也可以進入狼心。寫到人狼大戰的時候，筆鋒有如飛奔的「兒馬子」般有力的馬尾飆風於原野，力道萬鈞；描寫知青陳陣對「小狼」的付出，又像用錯方法溺愛兒子的父親，細緻而溫馨。書中文字沒有故作文藝之調，完全自然書寫，但可能是為了強調作者的理念，無論敘述或描寫，常有過於感情用事的筆觸，讓讀者會皺起眉頭，疑惑地尋思。結構上除了倒敘、追敘的基本形式之外，並未像時下許多新銳作家故意挑戰傳統、標新立異。書末另加上一篇〈理性挖掘——關於狼圖騰的講座與對話〉，其實大可用小說技巧，將其思想精髓一併放到文本裡。

本書展示出許多作者的理念基調，如：萬物平等，草原的主角之一——狼族，與人群的生存權利是平等的；人有人性，狼有狼性，應該獲得同樣的尊重，各自保有自己的生活空間和生活方式，以求草原生態的平衡。草原自有屬於草原的邏輯，應依世代承傳所留下來的游牧民族的生存之道，在自然平衡的原則下，過最適合牧民的生活。牛羊是草原民族財產的指標，而牛羊靠草場生長、繁衍，遂逐草場而居；牧民靠「手把肉」養命，故保護草場就是「保大命」，必須遷場以保草、養草，「保大命」優先於「保小命」。不管是人還是狼，都要遵守草原的自然法則，草原民族的時序是清明接羔、盛夏剪毛、中秋打草、初冬宰羊，他們敬畏「騰格里」，人死後採「天葬」，吃肉還肉。書中更強烈批評中國人失去了狼性，以龍為圖騰，並變得「羊性」，改造成挨打、退縮的儒弱民族風格；中國人最強的時候，就是以狼為圖騰的草原民族當家的時候，因此論斷，農耕的生產制度是弱國弱民的重要根源。作者除了反覆舉出久遠的歷史，更以日本侵華的歷史為例，這便是崇狼太甚，過於感情用事之處。這樣的想法太過單純，實際上，解讀歷史不但要透析因果，還須了解背景與客觀形勢，以「狼子兵法」策劃一場戰役或許有效，但要操控牽扯甚廣、錯綜複雜的全局，那可不一定啊！

書中細筆描繪了主要的人物，這「人物」，是依照小說要素的定義，不只是以雙腿站立的萬物之靈，還包括了狼王、狼媽媽、狼將軍和狼部隊；作者瞧不上的、常為草原大害的黃羊；雄壯威武、統治著馬群的「兒馬子」和他的馬家族；野性十足的、羊的守護者家犬等等。這些主角和大小配角，都各有其貌、各有其性，鮮活而生動，比如狼王思考戰略時的睿智、執行戰術時的堅毅；指揮作戰時，知道善用天時地利的條件，靈活利用「狼子兵法」，而他最後在槍彈下犧牲時，仍是莊嚴、壯烈的。至於那第一「狼主角」——小狼短短的一生，享盡了人類的寵愛，雖因離群而失去了某些「狼能」，卻不改狼心、狼性，證明了狼是不受豢養也不該被豢養的。作者在人狼互鬥的過程中，把草原生活與草原思維呈現在大舞臺上，讓讀者大開眼界。

在書裡，人沒有狼重要，故事也不新鮮：四名北京的高中學生，三個屬「黑幫走資派」或「反動學術權威」的子弟，對當時那些激進、無知的紅衛兵非常反感，因而在一九六七年初冬，結伴到草原尋求寧靜的生活；事實上，這是遠離暴風中心的一種聰明選擇。他們四人分別是陳陣、楊克、高建中、張繼原，陳楊二人是羊倌，高建中是牛倌，張繼原則是技術性最高的馬倌。他們在適應、學習並融入草原生活的過程中，以牧民為導師，尤其是如草原百科全書的畢利格老人。畢利格老人家祖孫三代，都把陳陣當作家人一樣看待；另一位教頭則是狼專家和草原專家的場長烏力古。知青向蒙古牧民學習，如何與狼、羊、馬、牛、蚊子、老鼠、旱獺共據天地，日子過得艱苦卻也快樂，驚心動魄卻又極其平凡，就這樣過了一年又

一年，讀透了草原書，由原先的菜鳥變成徹底融入的一份子。只是，陳陣執拗地在掏了狼崽兒窩之後，硬是違反所有人的意願（包括那小狼自己）養狼，以致矛盾、摩擦不斷，小狼與陳陣、陳陣與牧民，領導權威與草原人、草原蒙民與東北蒙族……最終把失去「武器」——狼牙和自由的憤怒小狼，養成既非家畜又非野獸、瘋狂自殘的動物，最後還是陳陣親自下手，讓他解脫，送他去見騰格里的。作者精心佈置的許多衝突與高潮，都是這部小說所需要的，卻是大多數讀者從未接觸過的素材。

雖然《狼圖騰》的時空現場放在一九六七至一九七五年，皆是在文化大革命的時期，卻因為蒙古草原位處邊緣地帶，天高皇帝遠，沒有荒謬、恐怖的文鬥、武鬥，對此，姜戎也著墨不多。但是，仍有外行領導內行、強不知為知、自以為是的人物逞威弄權。任何成熟的作家都會運用巧筆，一、兩句話就能展現出人物的個性和神態。作者創造了一個解放軍代表包順貴，做派有太上皇的架勢，他的口頭禪是「誰再……我就辦他的學習班！」在這緊箍咒般的威脅之下，每個人都變乖了。沒有經過「學習班」洗禮的人，實在不明白那到底有多可怕，但見誰都肯服軟，陳陣低頭、烏力古低頭、最受尊敬的畢利格老人低頭，所有人全部低頭，大家都屈從了錯誤的政策。於是三十年後陳陣和楊克重訪故地，所見到的乃是沙漠化的額侖草原，狼殺光了，天葬沒了、草原沒了，一切都改變了。作者並沒有用「心痛」來形容這樣的情景，卻讓讀者感到，他比心痛還要痛，好像哪兒都痛似的！

這部書並非完美，所持「理論」有很多值得商榷處，但它仍具有很高的可讀性。在小說藝術之外，還能引發爭議和討論、啟迪心智與思考。首屆曼氏亞洲文學獎頒給了《狼圖騰》，是其應得的。至少，我們應該肯定姜戎先生的胸襟、氣魄和他筆鋒的力道。

我讀張秀亞

作家協會分別在兩個地方，為張秀亞全集的出版舉辦了兩場演講會，當時我選擇的都是這樣一個題目——「我讀張秀亞」，讀文也讀人。

讀人不困難，雖然我與秀亞大姐並非密友，不曾陪她逛街或照顧她的生活起居，但至少是和她近距離接觸過的文友，蒙她由「淑敏教授」改稱為「淑敏小妹」。一九七〇年代初期，我重新回歸創作，中國婦女寫作協會諸位重量級的大姐們把我帶到理監事的班子裡。從會中的活動到私人聯誼，我常是唯一的年輕人，得以參與、觀察到前輩作家們之間的互動，體味到他們的言談行事，這是無可取代的經驗。儘管他們曾把會內「選舉年」主持開會這吃力不討好的任務交派給我，但我從不擔心會有人等著看我鬧笑話或出紕漏，因為這些前輩們都有扶植後進、欣賞他人表現的寬厚胸懷。在這一群人中，我認識了端莊優雅、溫文穩重的秀亞大姐，她成了我忘年的前輩文友。

至於讀文，由於移居來美，把九十四箱書都捐給了一所大學的圖書館，手邊連一冊張氏作品也沒有，只有少數幾篇散文，是因為保留與個人有關的文集才留下來的，所以不能以印象、經驗、觀察來解析和詮釋作品，反之，只能以極其有限的作品與資料，來印證個人的印象、經驗與觀察。以下，我想分三個方面來思考。

一、張秀亞在文學史上的定位與影響：一九四九年以後，現代文學在臺灣的發展，雖曾有見不到三〇年代作品的遺憾，而且最初在風雨飄搖的時空下，某些作家心存顧忌，但若從作家的世代傳承來說，自蘇雪林、梁實秋一輩，到今日的新銳作家，既無斷層也無斷代（不似大陸有十年浩劫的文化教育空白）。即使在還有實質戰爭威脅的年代，一九四九年來到臺灣的作家和準作家們，仍帶動創作風氣，填補了從日文寫作到延續現代文學生命之間的空隙；文學衰落，是電視深入家庭、電腦普及以後的事。而一九四九年之後，臺灣文壇的新特點，就是女性作家輩出。

針對女性作家，我作了一點小統計，不算以往在大陸出版的書籍，到一九五一年便成書的，散文類有張秀亞的《三色堇》、鍾梅音的《冷泉心影》、徐鍾珮的《我在臺北》、艾雯的《青春篇》，另有潘人木的長篇小說《漣漪表妹》。（張漱菡、孟瑤、郭良蕙、林海音、劉枋等人的第一本書，都在一九五四年以後出版，而我們所熟知的琦君、羅蘭的初作，則要到一九六二、一九六三年才問世）。在這最早的「散文四家」中，張秀亞與艾雯風格相近，都屬婉約纖秀，有人歸之為「閨秀派」，不過艾雯的閨閣色彩較重，而張秀亞在閨秀的文風之外，還多了學院知性女子的氣質。不久後，徐鍾珮封筆、鍾梅音早逝，艾雯則因為健康關係，作品漸少，始終勤耕不輟的只有張秀亞。

前述的這幾位作家和其他同輩的女性作家們，可說是開創一九四九年後臺灣新局的領路者。對於這一點，我願作見證，當她們在文壇引領風潮之時，我正是文學少年，我和同學們這群「文學幼苗」最愛共讀一份報紙副刊，或傳閱一本新書而後聚集熱烈討論。談文論書、臧否人物，快活何如！進而見賢思齊，揮筆上陣。今日雖已成「文學老苗」，對這些先進依舊心存感謝。

二、風格的確立與典範作用：成熟作家的作品必須有獨特的風格，具個性、見真我。作品的個性，包含作者本身的個性和創作語言的特色在內，並顯現出作者思想與主題的特點，有時人們會以「文如其人」來形容。凡讀過張氏散文的人都會發現，她的文字在感情的抒發上清純細緻，即或有強烈的熱度，她的激情也在如水的思流之下慢慢行過。張秀亞的作品主要有詩、散文、小說、翻譯四類；實際上還有論著與雜文，其中以散文最為著稱。唯美的文字風格正如她自己所言，乃是詩的延展。她善用象徵的筆觸，營造出空靈出塵的韻致，瘂弦就曾說，她如詩的語言所產生的迷離朦朧之美，與何其芳相類，同為「美文大師」。張瑞芬在論文中說她的散文風格，是「文人傳統、中國想像、女性特質」三者合一的抒情美文，堪稱臺灣女性古典書寫傳統之典範。除了這些之外，我個人發現，她由早年的空靈、清逸，慢慢變得雍容、厚雅，思想知識的濃度越來越強，文人傳統的色彩也越來越重。

張秀亞還有一個筆名「心井」，這是她另外一個書寫領域。報紙的方塊專欄向來是男人的天下，而且還是老男人的行當。可能有很多人相信魯迅的話，這樣的文章應該像匕首、像投槍，多數陽剛。這個領域只有少數女性參與，《中央日報》有徐鍾珮、張秀亞；《聯合報》有薇薇夫人；《中國時報》有筆名可叵的張曉風；《中華日報》原有陳克環，後有趙淑敏加入，陳去世多年後則有王純（吳涵碧）。張秀亞寫專欄的筆調，一如她的散文，兩者相距不遠。其實，文章不該穿制服，不同的文類，本來就該有不同的寫法。

三、情感世界的軌跡：《文心雕龍》上說：「情者文之經」，創作的作品，都以感情為基礎，而我們要認識一個作家的作品，時常也要讀讀他的感情脈絡。因此，討論張秀亞的作品，也要尋找她的感情軌跡。

她曾說她最愛孩子，她曾寫給山山、蘭蘭，許許多多感人至深的文章，其中最動人的，是和他夭亡的長子小若瑟說心裡話的文篇。

她愛花僅次於愛孩子，對她來說，萬花平等，高貴的、俗賤的都愛，甚至還包括野草，因而花花草草，在她的筆下都顯得清美靈動起來。

在她的人生中，從青年到暮歲，相契、相親、相知、相重的朋友和文友，讓她感到此身不孤，尤其是心智得到了與之回應的滋養。除了相依為命的兒女之外，友情的芬芳溫暖了她。她和不同的朋友談論不同的問題；她愛與沈櫻談西洋文學，恰如沈櫻喜歡與琦君談中國文學一樣；談心而後，好文章於焉誕生。

身為她的朋友，都知道她的痛處，我們沒有人不識相地去碰觸那個痛點。她周圍的人都知道，她的遭遇可用「遇人不淑」來形容。人們普遍認為，她之所以未能離婚，是因為天主教教條的約束，但假如肯深入地走進她的作品，便會知道這個結論不完全正確。她不但在〈風〉一文中運用象徵的手法，層遞地寫出風無情的肆虐，但「風影響不了夢中的人，睡夢中的人很平靜」，還積極地寫出她的心境。

應該是一九七七年吧，《中華日報》副刊的「老編」拋出了一個題目，要作家或名人們寫出他們的另一半，大家都以為張秀亞是不會也不便寫的，沒想到她竟然寫了，而且寫得既浪漫溫暖又美麗動人，對那外形像雪萊、性格像拜倫的男人，全無一字苛責，還說他不管何時回來，都可「在家中藤花蔭覆的窗口找到了我」，表現出對感情的執著與堅貞。張秀亞的

內心深處，始終為他保留了一片亮綠的芳草地，因而她寫殘缺的感情，也從失落到寬恕，進而變得馨香甜美了。她從未把自己寫成活火山似的憤怒怨婦。這才是真實的張秀亞。

記住那永遠的溫婉與慈柔
——憶念琦君

琦君大姐也去了，說意外，其實並不意外。去年秋天，潘人木大姐突然發病，迅即過世，就讓我意識到，一九四九年後開創臺灣文壇新境的前輩們，將逐漸凋零。我很不願見到這樣的情況發生，畢竟我們這一代在「文學新苗」時，是他們那一輩提攜起來的，縱使昔日的幼苗，今日已是「文學老苗」，成了筋斗連翻的前浪，不愁傳承無人。但至少在情感上，我不願他們凋零。

琦君大姐回臺定居以後，我盡量不去打擾，對她卻如二〇〇二年十月十二日，她在我家遭逢變故後，給我的信上寫著的「十二萬分的掛念」。今年五月返臺，也蒙文友相邀小聚，我說想看看她，朋友勸我不要，皆說依照琦君大姐的健康情形來看，她不一定還記得我，反倒給李先生添麻煩。於是，我只能打消這個念頭。

記不得是何時結識琦君大姐的。大概是一九七〇年代初期，我的創作工作漸漸被前輩注意和認識。臺灣的女性作家有一個組織——中國婦女寫作協會，眾家大姐們發現我這個年輕人還能出主意、肯做事，便把我帶到會務的班子裡，從理事而常務理事、值年常務理事（相當於理事長）；雖然一開始是會員普選的結果，要我做她們的工作伙伴，則是前輩的垂青，這其中便有琦君女士的一份支持。若干年裡，共同綜理諸事的先後有林海音、王琰如、張明、張秀亞、劉枋、潘琦君、潘人木、羅蘭、蓉子、葉霞翟、姚宜瑛、邱七七等等。無論在何地何時，尊重倫理、知所進退、盡責守分是我的習慣，她們當中有性情嚴肅、思慮敏銳的，我能體察到她們的監督，處理事務、主持會議時，即使是被讚許，我也感覺自己被「主考官」一般的眼神注視著，而琦君大姐總是露出一貫溫婉慈柔和鼓勵的笑容。

令我記憶非常深刻的是，有一年春節後的文藝界大會，數百位作家匯集一堂，會中女士群集一處。忽然間，琦君大姐竟輕捏我的面頰，用她一口江南國語說：「喔唷！細得來！」那語氣、那動作，讓我感到在文人相重以外的世人相親，我很感動也感謝，這就是琦君大姐。別人對我不好，我會有點鬱卒，但不屑於計較；若有人對我好，我總想為他盡點心、做點什麼。一九八二年，我終能有機會能為琦君大姐做一件事。當時她因為重感冒而失聲，不能赴臺中的演講之約，我冒著梅雨季的大雨，跟著來接我的朋友一起去救場。事後，我向她回報說幸未辱命，但若不是為了琦君大姐，我是不肯這樣跑一趟的。

每年在大一的「概論」課上，我總喜歡做一次關於閱讀的問卷調查，琦君的散文集常是榜首，顯然，她樸美溫馨的筆觸，有類白居易的風格，廣為各階層讀者所喜愛，這樣的結果不令人意外。

她到美國以後，我們見得少了。當太平洋兩岸相隔，我們只能用圈內人開的玩笑——「報上見」來形容，待我來此地依親，幾乎還是「文章報上見」。到我心緒漸定、肯於出去見人的時候，那原以為的「會上見」的機會並不多，因為她住在紐澤西，會頭暈又腿腳不便，來紐約活動的可能越來越少。我們共同的好友潘人木大姐，每年夏天來美探親，相約一起採桃子、摘蘋果時，總說要到琦君家開個文友小會，然而，因為各方面的條件不能配合（我們都是不會開車的人），這個約會始終未能實現，成為空言。有點遺憾！

琦君脫離了病痛走了，九十年的圓滿人生應是無憾的。所有的情，她都享有，想要留下的豐富文學遺產，都留給後世了，就一個作家而言，還有何憾？所以，琦君姐的大去，我願看做是自然的程序，只懷念，不悲傷。那個世界，人人都會去，我也不能免，將來應會再見的。那時假如果需要我救場，我還是願意為她效力。

朗誦，詩與文

如今，已經沒有人把現代詩稱作「新詩」了，至少在詩人或文學研究者的小眾之間，早已改了「稱謂」；現代詩也不叫「白話詩」，因為現代詩的創作語言不一定是白話。更揚棄押韻，往往還否定音樂性，若然，「詩歌」之謂，也不被詩人承認。

詩是用最精緻、準確的語言，經過意象營造，創作出的作品，很可能不為大眾所解，似乎亦不要求為大眾所解。那些廣為讀者接受、喜愛的，或頗有聲名的詩人，便被歸入「大眾詩」類的另冊。「懂不懂」算是外行人的議題，現代詩歷來就是小眾中的小眾精品，討論懂或不懂，已無意義。由於這種特性，並非所有的現代詩都可朗誦；太間接的詞、字釀製成的東西，自然無法朗誦，更不能入歌。

從事文學創作大半輩子，什麼文類都寫過，連舞臺劇的劇本都曾試筆，卻不寫詩。若言傳統詩，我偏愛古詩的自然，厭惡格律、四聲、八病那套束縛，當然就不用談作詩了。但我

自認有詩心、詩情，能進入現代詩的詩境，卻從不曾於無格律的詩風之下鍛鍊詩筆。尚居臺灣時，我也不太參與現代詩朗誦的活動，有幾次，儘管舞臺設計、燈光、音樂都屬上乘，烘托出很好的氛圍，朗誦者顯然也都受過嚴格訓練，但我對過於造作的表演方式還是不太能適應。

可是到了紐約，我的散文竟兩度被當作詩來朗誦。幾年前，文友海鷗曾把我的一篇散文〈落日〉在北大筆會的「金秋詩會」上朗誦。那時結識海鷗未久，當他提出要朗誦我的作品時，我心裡有點忐忑，不知會怎樣處理這篇得過獎、被轉載了幾次的作品，但人家是好意，我認為不該婉謝。結果，朗誦效果很好，完全忠於原作的精神與境界，甚且能畫龍點睛。所以，月前她要在她的演講會上選用〈綠色的北大荒〉，作為表演的諸篇之一，我欣然同意。

有人聽說將散文拿來朗誦，就聯想到念書；說某某人說話就像念書一樣，常常被取笑。其實，文章是可以讀的，猶記甫上大學時，我的國文教授是世傳的桐城派，他要我們先學讀書，如李密的〈陳情表〉、韓愈的〈祭十二郎文〉這樣的至情文章，就是要朗讀，才能把文氣發揮出來。當時，老師的示範，引得我們這些已十八、九歲，卻沒有涵養的學生擊桌狂笑，但也引發了我事後的芻思，不停揣摩那個境界。我的感悟是：詞藻、句式構成文篇，除了語意不可喪失，可以無限自由的創作，不必拘於陳格，只敢用辭典上的語彙；獨具匠心地剪裁之外，也要注意到詞與句的節奏、韻律，不管是柔美浪漫地吟詠小橋流水、愛情逸趣，還是「鐵板銅琶」地歌懷大江東去、英雄豪壯，都要烘托出氣勢來。行文時，我很在乎這樣的效果，也許就是拙文易於朗讀之故。

朗誦詩，重點仍在詩上。即使原貌是散文，如果徒具形式，沒有一點詩的意境，即或朗誦者有再好的技巧，也是枉費他的心力，不能達到藝術表現的目的。海鷗詩眼獨具，發現了不寫詩的作者隱懷詩心，蘸著感情寫出的這篇詠嘆小品〈綠色的北大荒〉，在她的詮釋下就成了散文詩。忝在作者，不敢否認，要謝謝她的蘭心慧眼。

掃描康正果的《出中國記》

先讀港版的《我的反動自述》，後讀臺版的《出中國記》，也就是說，這本書我讀過兩遍。

不言「喜歡」而說「欣賞」，是因為除了直覺、輕鬆的喜愛以外，還有一份對其「分量」的尊重。《出中國記》是一部有分量的生命記實，雖然用了一些小說的技巧，且是以個人為中心的回憶錄，卻生動、細膩地註記了時代，讀者自然而然就能歸納出那一時代的場景、脈動、面貌與內涵。

運用文字敘述描寫，以巧思結構鋪陳，都是成熟作家的基本功，「果子」先生的基本功是我很欣賞的；某些成名作家功力不弱，但或許太過炫耀才情，讀來很累，而這本力道下得很重的書，卻細筆淡墨，圓熟揮灑，不會給讀者過分精雕的負擔。一個深具反骨精神的「傢伙」的成長歷程，就需要用這樣的筆觸來描繪，才能讓讀者和他一起走進那段歷史，不致因

為心情波動而走火入魔。這本書並非傷痕文學，儘管讀完之後，會發現書中的多個人物身心皆傷痕累累，但他們沒有呼喊、控訴，刻意展示傷痕，僅是款款追記心裡身外那幾十年的動與變。因此，讀者不應戴上政治的眼鏡去檢視這本書。

不過在一個政治指標高於一切的大環境和時空裡，應當是你不找他，他找你；並非惹不起就躲得起。這不是本位主義，在很多場合裡我都愛說，人可以討厭歷史，不讀史書，卻逃不出歷史漩渦的左右。不過，「寂園少主」總算有過一段好時光，在那樣的小天地裡，不但得以自如地置放成長中的自我，並且得以從祖父的藏書中吸取難得的典籍精髓，而使之浸入精神的骨髓，陶鑄了他終生的氣質；雖然在當時，那是危險的禍源與災難，但就其一生而言，卻是實質的收穫與精神財富。

在文學欣賞之餘，這本書也讓我深獲教益。曾經聽人說過，共產黨政權控制萬民的手段，除了思想的嚴控外，就是戶口制度。但我從未搞懂過那個戶籍制度，以為僅是限制遷徙，或在某一個時期要憑票獲得衣食所需等等，直到讀了這本書後才明白，戶口的管制有多麼大的威力，而我也初次知道「油糧關係」這樣的名詞。

讀這本書時，我常會笑了起來，或許自己從小也有叛逆的意識，對那「三無世界：無黨員、無團員、無班幹部的世界」的想法十分認同，頗能會心；但讀到一九七二年，一個

二十六、七歲的小伙子，因為無處落籍，竟想盡方法讓人收養為兒時，便有種想哭的感覺；那樣的心境，應比秦瓊當　賣馬還要無奈、悲愴。所幸李春來在為李寶玉洗過頭和腳之後走了，算是功德圓滿，可是這種因為契約而結成的父子關係，無論如何都不會是齣喜劇。

秀芹是書中的喜劇人物——一九七五年，三十一歲的「果子」竟從山裡領回一個媳婦兒，她不嫌棄康正果「犯過錯誤」且沒有正式工作，孤注一擲、不計後果地地跟了他。秀芹是一位極具創造力的女性，除了丈夫的事業和文學世界不能參與，她給了他一個家，以及不必述說也可以感覺到的快樂。秀芹被寫活了，她是實際生活在康家的主角。

我讀過，也寫過章詒和《往事並不如煙》的報告，對這本書很是欣賞，但他只展現了極少數特殊樣版政治貴族的世界；《出中國記》則是面大鏡子，照出了大眾社會的寫真，是一本可以留下來的書，很多人說「喜歡」，應該就是這個緣故。

淺說散文的審美思維
——評審者的話

評閱參賽文篇，並非僅依情感的趨引，直覺地去審讀，尚應有些更深刻的衡評準則；除了立即的感動之外，還要透過散文的審美思維去感應。

散文不散，形散而神聚，在內容上可以發揮充分的隨想性，在筆觸上也有同等的隨意性。

散文由文字組構而成，所以詞藻的經營只是基本功。倘以串珠來比擬，營造出切題的無瑕詞句，這就等於選好材料，然後還須靠匠心設計、結構、剪理，最後才能完成各種類型的作品。

散文不是詩，但也和詩的語言一樣，要求精到、準確，文中所表達的思感、胸襟、情懷、意念，都須符合審美的藝術要求。

題材和筆觸的配合，樸素抑瑰麗、婉約抑豪放、文秀抑粗獷，顯現風格，要恰如其分、恰到好處；舊句可以新釀，成為有新生命的創作；掌握準確的語意，創造新語可隨心所欲，不必只用辭典上找得著的語彙。除此之外，揮筆為文，思緒馳騁之間，要的是斧鑿無痕，否則會流於造作、匠氣。

文學人從事創作，必有文學的心與眼睛，自然不會看山只見山、見水只是水，透過聯想感受、芻思演化，敘事、抒懷、寫景、表意，與自然萬象和人物世事互動感應，於是山川、樹木、花草、群石都出色有情而生機鮮活。

「士，必先器識而後文藝」這句話，是弘一大師用以教化他從事文學藝術的門生的訓勉，但這個觀念，是唐代貞觀年間的裴行儉所提出的，用以鑑士衡人，傳誦了一千四百多年，如今我願借此來說明散文的境界。散文的內蘊、氣韻、意境，優先於形式與詞藻的華美。

本次的散文至少讀過三遍，待十二篇入選後，應該是讀了六、七回。落選者中也不乏好文章，令人不無遺珠之憾。

作者都寫自己最熟悉或感受最深的，所以親情鄉思是為題材的主流，幾乎沒有超逸空靈的文章。這類散文要在無我中有我，於天地、宇宙、大世界中遨遊；在哲思靈智裡闖蕩，不易著墨。

可喜的是，有人把個人受大環境擺佈後，卒得機會掙扎向上的歷程，寫得溫馨而無火氣；有人從一隻小貓描繪遠去的親情，遂生歲月悠悠之感；很多人的筆觸，可以讓人產生意在言外的會心，這是一種成熟的巧筆。或許是因為參賽者大多是中年以上人士的緣故，除了一位落選的年輕人之外，都沒有人書寫愛情的美感與震撼；其實愛情，不只屬於慘綠少年。

這次的第一名是殷顯耀的〈父愛硬梆梆〉，文字勾勒極為用力，情重筆也重，在讀者心裡迴盪的力道也大；第二名是何重光的〈牡丹，你好〉，清新脫俗，應是個人境界不俗，給予俗世花后比富貴更高貴、更清雅的容顏和生命意義；第三名是芝馨的〈夢回小巷〉，舊巷的文化歷史積澱，讓人聞得到芳香，江南小巷在夢思縈念中長生了。

這次的散文競賽的作品水平大體上很整齊，可說是一次豐收，值得喝采！

一瞥「女性書寫的往世今生」

當我受邀在海外華文女作家協會雙年大會上做一個專題演講時，並非好大喜功，心裡好像只有一個意念，我想到文學史裡去遊歷一番，所以想來想去，就是這個題目：「跨越，女性書寫的往世今生」。

一般人看到文學史三個字，就會直覺地想到學術。但我決定只以一個散淡文人的心態與筆觸著墨，把我讀、我見、我思歸納出來，與同道和同好分享。

自小就被取笑說常做些「搬石頭砸腳」的笨事，長大以後，從爸爸到朋友都說我讀書讀得很迂，沒成為鴻儒，讀書人執著認真、不問後果，不計成本的毛病倒養成了，因此，雖然只能分得少少的時間，卻還要講這個大題目；不可能有足夠的時間講，我就寫下來。

於是我寫了，一發不可收拾，精簡又精簡，仍是萬字出頭。我願意吃苦頭，找自己的麻煩，害不到別人，就沒人管我。但這樣長的文章，我只分成：「從一本書鳥瞰中國文學

史長河中的女『流』」、「跨越的符碼——抽樣人與事」、「筆觸情慾世界」三個方面來探討。

借到一本《中國古代女作家集》，讀出了興趣，從中看到女性作家的往世，它變成了一個解題的基礎。這本書蒐集從春秋衛莊公夫人到一九四三年去世的「最後一位女詞人」呂碧城，共一千四百一十八位女性作家的詩、詞、曲（散曲）、文四類作品。雖然無論作品與作家，一定都收錄得很不齊全，但可以觀察出每個時代女性文壇的大勢，再做一個簡單算數的結果，非常有趣。而且，為了要印證讀書的結果，必須延伸到其他相關的資料，如樹枝分杈式的覓索，這發掘的過程非常有意思。世人平常動輒批判、貶譴滿清腐敗，彷彿沒有什麼優點，事實上，從女性的著述、創作而言，有清一代，是良家女子作家出頭天的時代。然後進入了民國，經過創作語言、文體與大環境的變革，除舊佈新迄今，女性寫作者終於享有了一個「只要我喜歡，沒什麼不可以」的廣闊書寫天空。

「跨越的符碼」是一些標誌性的人和作品的抽樣，能夠廣受肯定；能與「大男人」相提並論，或為女性寫作者開闢天地、走入新領域的，才是抽樣的標的。其中有大家所熟悉的朱淑真、李清照等，也有一般人未曾注意過的魏玩、黃峨、西林春以及明清的梁孟昭、葉小紈、劉青韻等眾女劇作家。

關於情慾的書寫，從禁忌到到今日之必然，走過了漫長歲月，但並非古人就完全不寫。不過，不管多少男性作家將情與慾的喜悅、矛盾、衝突、心身合一的酣美作為憎恨、報復的方式，甚至過分地渲染，女性只淡然隱喻，象徵地寫意。見到唐詩裡長孫皇后的詩作，顛覆了常人對最受尊崇的端莊皇后的呆板印象，是件非常快樂的事。古人怎樣處理情慾的書寫，新文學運動發軔後又是怎樣，五、六十年前如何，如今又如何，只能有一分資料說一分話。總之，挑戰就是趣味。

還欠您一次約會，冰心女士

報載冰心女士於一九九九年二月二十八日在北京去世了。雖然這是預料中的事，心中仍不免有幾許惆悵，因為我還欠她一次約會呢！她說要等她出院返家之後，到她家裡去聊天兒的。一九九四年春假，因為要到河南鄭州大學去接「兼職教授」的聘書，並給學生作演講，途中必經北京，在北京也不能浪費光陰，就決定作幾場文學訪晤。去見冰心，是臨返臺北前的壓軸大事。頭一天見過老人家，第二天就回臺北了。

那年的春假，可真不像渡假，除了到鄭州大學公幹、到第一檔案館找資料、陪外子傅光野隨考古學家訪古、探視端木蕻良並採錄，還拜訪了抗戰時以寫〈差半車麥秸〉而成名的姚雪垠先生。能夠見到姚老，我認為是此行額外的獎賞了，十歲時曾讀姚氏所作〈春暖花開的時候〉，小娃娃雖仍懵懂，不知青春浪漫為何物，卻覺得長大真好，可以不被父母管得死死的，可以過書中那樣有趣的生活。能見到小時候認定的大作家，還不該高興嗎？至於與冰心

女士見面，則未曾想過。早就聽說她年事已高，又常生病，不見外人。但就在回臺灣的前一天，竟然到北京醫院的高幹病房見了她。

替我們安排各項活動的胡時珍女士跟我說，要設法讓我見見冰心老人。做人矜持守分、最怕死乞白賴的我，倒勸胡女士不要太過勉強。文人相重，是以文會友，冰心是五四時代的文壇老前輩，我則是二十世紀晚歲的筆耕者，最好的相會是以作品交心；假如無緣，自幼我仰望她，她不知我，又無機會碰面，便順其自然。但光野曉得有這可能，卻興奮壞了，童年時期在東北圖們江畔的邊城，讀到〈寄小讀者〉，為他文藝啟蒙，也溫暖了他的心，就對作者崇拜之至，認為若能親見這位大人物，將是一種莫大的榮寵，沒想到將近六十年後，真有這可能，便說什麼也不鬆口，要胡女士盡量辦到。當然，我若能為我的學生在作家與作品多獲得一些第一手了解，確然很好。

如今，我手裡有一份二十多分鐘的談話錄音。原本冰心女士的陪侍人員僅答應「臺灣來的親戚」在病房停留五分鐘，我們卻因冰心女士不讓離去而待了半個鐘頭。「臺灣來的親戚」成了光野和我互相調侃的戲謔名詞，因為冰心女士周圍的人受醫院之命，不許外人探望，胡時珍女士就跟他們說我們是從臺灣去的親戚，馬上要回臺灣，希望一見。而醫院方面向冰心女士求證，冰心竟說：「是啊！是啊！是我的親戚老友，讓他們來。」如此一來，我們方能於一九九四年四月七日下午四點到北京醫院去看她。從此，我們兩人就常以「冰心的親戚」互相開玩笑。從這些地方來看，冰心實在很可愛，到老也有一顆願意暖人的心。

邱七七大姐知道我想寫這樣一篇文章，曾問我為什麼要寫冰心而不寫蘇雪林。我回答說，此間寫蘇先生的人已經很多，但尚鮮有人寫到冰心；其實我本人就多次寫到、談到蘇先生，在海外演講與評文，我都一再宣稱，自新文學發軔以來，臺灣無斷層也無斷代，自五四時代到今天，假如文壇上是五代同堂的話，蘇雪林先生與大陸的冰心女士，同樣是女性作家開創的第一代。但確然蘇先生與冰心女士晚年的境遇卻大不相同，除了家庭因素之外，社會價值觀與當政者的態度也迥然有異。近些年，我偏重於上庠之內的教學與研究，疏忽了創作與文壇的服務，打從不負擔文壇社團的責任後，似探訪蘇先生之類的事輪不到我參與，便無緣見及蘇先生的景況。然而去過冰心老人的病房之後，雖未去看過蘇先生的療養環境，卻敢言怎樣也比不上冰心女士所得的待遇。身為同時代國寶級的作家，冰心獲禮遇乃爾，蘇先生除了門弟子的照顧，直到近年才有善心人士提供一個較為安定的頤養之所，這實在是我們這個利祿社會的主大政者與文化官員該反省深思的。

到北京醫院拜訪冰心女士，匆匆地進去，又忙忙地出來，所以有人問起這家醫院究竟長什麼樣子，我實在是不知道；相信不是一般大眾就醫、療養的場所，門口還有門衛，他在

弄清楚我們是冰心的「親戚」之後，當然放行。高幹病房是一座不高的樓房，究竟有幾層顧不得看，只覺得走在鋪著地毯的長廊裡，沒有臺灣醫院常有的肅冷空氣，卻多了一些居家的寧適。從方便上著眼，冰心女士的病房也許不如臺灣大醫院特等病房的洋派豪華，卻寬廣許多，尤其多了許多人性化的生活設施、配備，相信像冰心等老作家可以長期住院養病，就是因為這些環境條件的配合。加之冰心女士除了有一位秘書陪伴，還有兩個小姑娘一起照顧。中年的祕書裝扮樸素，神態嚴肅而具權威，從旁觀察，顯然所有冰心在病房內的事，她說了算。沒有請教她貴姓，只知道包括冰心在內，都叫她「大姐」。我們很感謝「大姐」，明知我們不是真的親戚，還肯擔下責任，容我們造訪。

冰心是坐在輪椅上接待我們的。去之前，胡時珍就跟我說冰心已經九十四歲，從外貌上看，她不比常見的八、九十歲的老人家年輕多少，但和她敘談之後，才發現被人稱作「冰心老人」的，的確老得跟別人不一樣。昔往只讀過她的作品，初次見到她的模樣，是一九八九年，北京的中國現代文學館館長楊犁請我去參觀時，在館內的冰心作品資料陳列室裡見到她的巨幅畫像。後來在談話中方承冰心相告，那是依她二十三歲時在美國拍的照片畫下來的，自然和眼前的老人完全不一樣。

從錄音帶上聽來，是中途開始錄的，已不記得冰心和我的談話是怎樣開頭的。回想起來，應該是我先說明我是誰，四十多年前就讀過她的作品，在臺灣也已從事寫作多年，並在大學任教。傅光野則忙著述說他六十年前在中韓邊境的小城讀到她的〈寄小讀者〉和〈南歸〉時的心情。一個在家裡不受父親重視、極為內向、靦腆的孩子，那些作品的溫馨美麗的確撫慰了他寂寞的童心。我終於拿出了錄音機，我跟冰心女士說，我要為後代留下一點文學史料，請允許我錄音，於是我們便開著錄音機聊了起來。光野在一旁插不上嘴，也不插嘴，他聽我們說，並忙著拍照。因為他近六十年來想見到這位作者的奢望被滿足，這個老男人已樂得像孩子一般。

時間有限，也無法深談，就是順興就創作與作品的一般問題聊聊，除了回答她問到我的工作等等，主要都是我問冰心有關她的事。顯然她知道大陸以前有個老東吳大學，所以，當我說我是臺灣東吳大學的教授時，她就說：「哦！臺灣也有東吳大學啊！」問她還寫不寫，冰心說她沒法子不寫，因為有人頻頻向她邀稿。言及作品，我帶了一冊我的長篇小說《松花江的浪》送給她，她說醫院裡沒書，都在家裡，等她回家，我去她家時再把她的作品送我。我說，那時要請她在作品上簽名後再送我，她馬上問我要不要她的簽名，我自然說好，趕忙拿出我稱為「起居注」的記事簿，請她簽在一九九四年四月七日那一個空欄上；我拿我的筆給她簽，她不用，特別叫「大姐」把順手的筆取來，在我的記事本上簽下「冰心」二字。寫

完後連說等我到她家去，她會用毛筆好好地寫給我，這個寫得不好。從這些地方可以看出冰心的平易，同時有長者對後生晚輩的慈藹。我覺得她對我的笑容，是老媽媽對小女孩式的。

我們也談到共同的志業，有如下的對話：

「作家不該是自封的，自己給自己貼上標籤；作家必須持續不斷地發表作品並受到公認。」我說。

「唔！對！」冰心女士說。

「除了日積月累的素養與成績之外，還要有矢志不懈的意願。」

「對！寫作一定要有真情，不能為寫作而寫作。」

「是啊！寫作不能像擠牙膏。心裡不想寫，望著天花板望了一天，還是寫不出來；就算寫出來，那東西也不是自己要的。」

「啊！你真是有經驗啊！」

「哈！哈！哈！」兩人都笑了起來，可以由此推斷，我的經驗也是她的經驗。

我們也聊家常，冰心竟像大陸上的一般老人家一樣問起我的年齡，我說我已經望六了。然後，她又開始說笑話，說不太像，還叫「大姐」和那兩個小姑娘過來看看。

「你們都來看看，像快六十歲的人嗎？怎麼看著像三十多。」接著又喃喃地說：「長得好就看著年輕。」

每回遇到這樣的話題，我就覺得很窘，只能跟著笑著打哈哈。這時走過來的「大姐」悄悄地對我說，時間已經太久了，一旁的胡女士也說時間很長了。於是我斬斷話頭，趕緊告辭，說「她們」說時間太長了，老人家會累，我們該走了。

「誰說的？」冰心用眼睛掃過「她們」，大聲地問著，接著又是一句：「誰說的？」她這樣溫和的抗議過後，我們又繼續聊著。冰心連問兩聲「誰說的」，看得出她的真性情，也顯出她喜歡這樣的聚談。傅光野每每想起這段，就會學冰心的口氣說這句話，他覺得這位老作家很可愛。

談話就是這樣片片段段、細細瑣瑣。傅光野忙著再照兩張相，但他請人把他也拍進去，結果沖印出來就只有他半個身子，他不免有點失望。底片拍光之後，他終於搶到機會問了一個問題：

「請問你如此高齡，卻這樣耳聰目明、思路清通，是用什麼方法保養的？」

「沒有什麼保養的方法，就是家庭和睦、快樂！我原來在家裡很快樂；結婚之後也很快樂，我的兒女都好，到今天都對我很好，所以我很快樂。」冰心女士大聲地、耐心地回答了一個似乎有點笨拙的問題，也藉此說明了她的心境，讓世人分享她一生的幸福。

這時一側身，忽然看見「大姐」和那兩個小姑娘排成一排、肅立著，見我回頭看，她們便一再深深鞠躬，我明白是非告別不可的時候了，她們拿冰心沒辦法，只好「求」客人，我們識趣地立即向冰心告辭，她無奈地笑著對我說：「她們說了算哪！」最後一句話是要我給臺灣的作家帶上問候，我說我一定帶到，如果蘇雪林先生聽得見，我一定第一個打電話告訴蘇先生，可惜蘇先生已經失聰多年。她表示她和蘇雪林一直通信，這是我最喜歡聽見的。蘇先生有同時代的老友兩地相憶、天涯相契，多麼好的感覺啊！

回來以後，我把照片洗出來，給冰心女士寫了一封信，一起寄去。寄到她鄭重留下的地址——北京中央民族大學高職樓的家裡。她曾解釋，她的老伴兒在那裡教書，雖然作協可以給房子，她還是隨著老伴兒住到環境清幽的民族大學去，一直住到她住進北京醫院不再出來之前。我給她的信上，謝謝她向醫院表示我們是她的親戚老友，才得破格允許探望；也坦述外子傅光野得償宿願的欣喜，並且說我會記得和她的「約會」，到她府上聊天並領受她賜贈簽名的作品。本來冰心在我去看她時，有很快可以出院的可能，所以她才說到她家去，我卻於次晨就要搭機回臺北，臨走前，她還說下次一定要到她家去，我答應來年秋天教授七年輪一次的休假、到大陸講學時，再去看她。收到的回信是冰心女士的二女婿陳恕先生於同年六月執筆代寫的，其中提到「謝先生近來身體欠佳，囑我代她回信，如有機會來京，歡迎您來作客」，據知冰心女士從一九九四年九月再進醫院，便未曾出院。我們的約會就一路順延，直到由報上讀到她大去的消息。這一場約會，在人間已經無法實現了。

文藝花籃

在研究工作上，我並不治文學評論，我認為那是很嚴肅的學術專業，在有限的生命裡不可能面面顧到，若談文學，我寧願以創作優先。

在讀了許多文學專論之後發現，許多論著縱然有著學院式的架構，是引據了中西文學理論的心血之作，仍不免有個人情感的好惡，過度的誇讚、刻薄的批判、狠毒的挖苦，甚或調侃、戲謔，有時已逾越了學術的範疇，令人困惑且惋惜。所以欣賞作品之餘，思緒興發，頂多寫一點隨感、賞析之類的迴思箚記或讀書報告。

不過，我越來越不願碰觸這方面的文字，原因是不願說假話，喜歡誠心對待、秉筆直書，如是，有人便會失望。

書寫這類文字，固然多係個人有感而發，很常是人家找上了我，情不可卻。這樣的後果是：我有不肯昧心的執著，對方則有找錯人的遺憾。從前，有人用各種方式促我接這方面的

「活兒」，乃因那時我手上有幾個專欄之故，尤其消息靈通的，在知曉某一、兩位過度謹慎的主編，對我專門挑戰官府權威的辛辣論調十分頭痛，要我多談風花雪月和文學藝術。

雖然如此，我依然故我，說所當說、做所當做。當然有人不愉快，因而便有位快言的文友說：「幹嘛呀！人家請你介紹作品，無非就是致送『文藝花籃』而已，何必那樣認真！」

斯言令我怵然而驚，我的文章不一定能流傳千古，豈可淪為裝點門面的應酬性擺飾！沮喪之餘，後來便婉謝畫展、演出、試片等等邀請，更表示學校的教學研究不容分心，除了專業所需之外，無暇再閱讀其他讀物。這樣推拒的結果，我也要蒙受犧牲許多樂趣的損失，但至少可以保留原色的自我。

舊歲之末，上海同濟大學的朱大可教授來到紐約，他是專治文化與文學評論的專家，與他在私人場合對話，聽我一提「文藝花籃」這個詞，他馬上靈犀領會，說大陸上有作家一出新書，就帶著禮物四處活動；不敢問他這樣是否有用，只是心裡希望無用。

昔日滬上聞人杜月笙曾說過一句人情練達的話，他說世間有一種最難吃的麵，那就是「面子」。事實正是如此，曾有親長的同事正面要求我給他的新書寫兩千字，我把那書翻了兩、三遍，為那冊書湊了兩千字的淡話，報紙刊出來時他很高興，我卻跟自己生了很久的氣。真沒出息，破壞了自己的原則。

現在回想起來，我也有過存心贈送「文藝花籃」的情況，有些文章很好，公共關係平常，或無師門、師承、「大師」為奧援的新出頭作家，有時也會自動地為他們寫上幾筆。不過，常好心不得好報，稍微推敲了一下，反把人得罪了，看來「文藝花籃」真的只能充作點綴場面的花籃。

如今平面媒體式微，就算預備了「花籃」，也無處可擺，自然可以不用送了；沒有天人交戰的內心掙扎，也算是一種解脫吧！

印象截然不同——短評瓊瑤的《我的故事》

《我的故事》是瓊瑤全集的第四十三號，和以往少數讀過的瓊瑤作品類型完全不同，因為這是她的自傳。雖然書中也包括了風火焚飛、雷電交擊的戀情，卻不是長髮美女的愛情傳奇。

這本書共分兩部，第一部由出生寫到一九四九年避秦臺灣，很鮮活地描繪了對日抗戰時期，他們陳氏一家的經歷和遭遇。除了求生存的艱辛、流離的悲傷驚恐之外，也記述了人性的美麗，更為中國的苦難現身說法地做了見證。書中有若干片段似曾相識，也許那乃是該時代中國人共同的經驗，一個相同年程、相同閱歷的人讀來，感受更深。生於憂患的族類就是這樣，僥倖留下了性命，不管活到多大歲數，心中都有著永遠的烙痕。

後半部記載了她在臺北成長的過程，一個無法順利擠上升學「生產線」的自卑女孩，如

何蛻變為暢銷作家。她絕望的初戀、二度輕生、不得不畫上休止符的痛苦婚姻，乃至於涉入所謂的畸戀，都寫得很坦實。儘管仍不能捨棄浪漫，在筆法上卻趨於穩重敦厚，與一般人印象中的「瓊瑤作品」截然不同。

從美國、東南亞到大陸，都被追著問對瓊瑤著作的看法。我常常會告訴那些記者或作家，因為閱讀不多，無從置評，不過就所讀過的書了解，她的寫作技巧很好。而一個作家的天生個性、成長歷程、生活環境、社會經驗、所受訓練，往往會影響到他的寫作風格。有時會想，假如瓊瑤肯接觸更多的現實，增加更多的體驗，更廣闊地吸收知性的養分，放大寫作空間，以她的天分，應該會有更好的成績。《我的故事》裡對人性世情的分析、剖解，似乎比經營纏綿悱惻、蕩氣迴腸、賺人熱淚的題材更具成熟作家的智慧。這是應當被指出來的。

文學論文與述記

題目	發表報刊、日期	發表地
散文的地位	《明道文藝》，一九八一年十二月	臺灣
他背後的她〈端木蕻良與鍾耀群〉	《聯合報》副刊，一九九一年四月二十四日	臺灣
埋葬在心底的她〈端木蕻良與蕭紅〉	《臺灣日報》副刊，一九九一年六月十日	臺灣
文學女人的內心世界	《臺灣日報》副刊，一九九三年九月一日	臺灣
對兩岸三地女性創作人作品的簡析與觀察	《青年日報》副刊，一九九三年十月二十五日	臺灣
歷史與小說	《宏觀月刊》第四期，一九九四年三月	美國
趙淑俠創作生命的成長	《美洲世界日報周刊》，一九九四年九月四日、十一月	美國
用笑靨揮灑人生	《中央日報》海外版，一九九六年五月十八日	臺灣
與姐偕行偕行	作家出版社，一九九六年七月	大陸

見於〈趙淑俠作品國際研討會論文集〉
他酷，他不冷酷—— 《聯合報》副刊，一九九六年十一月九日 臺灣
敬悼端木蕻良先生
端木蕻良的感情世界 《傳記文學》六十九卷第六期，一九九六年十二月 臺灣
同源分流的文學風貌—— 《中國現代文學理論季刊》，一九九八年六月 臺灣
大陸臺灣文學創作語言的歷史色彩
端木蕻良散文中的情與義 《明道文藝》二百七十一期，一九九八年十月 臺灣
追念冰心女士 《傳記文學》七十六卷第四期，一九九九年六月 臺灣
巨浪——
重讀潘人木的〈漣漪表妹〉 《明道文藝》二百九十九期，二〇〇一年二月 臺灣
文藝作品為歷史註解 《青年日報》副刊，二〇〇一年六月二十六日 臺灣
騎駱駝及其他——
記鮑曉暉的〈皇城根下騎駱駝〉 《青年日報》副刊，二〇〇二年一月二十六日 臺灣
可創造的與不可創造的—— 《文薈雙月刊》創刊號，二〇〇三年六月一日 美國
淺談創作歷史小說的一個特點
發現珍珠——讀王鼎鈞〈關山奪路〉 《文薈雙月刊》第十三期，二〇〇五年八月 美國
哈金〈戰廢品〉的聯想 《文薈雙月刊》第二十期，二〇〇六年十一月 美國
海外華人世界的文化現象與文學發展 《明道文藝》三百七十一期，二〇〇七年二月 臺灣
小小說 《僑報周刊》（紐約客閒話），二〇〇八年九月二十七日 美國
跨越，女性書寫的往世今生〈正字版〉 《明道文藝》三百九十二期，二〇〇八年十一月 臺灣
跨越，女性書寫的往世今生〈簡字版〉 《海南師範大學學報》（社會科學版），二〇〇八年十二月 大陸

趙淑敏文藝作品目錄

書名	文類	出版	初版年	備註
屬於我的音符	散文集	商務印書館	一九七三	
高處不勝寒	小說集	黎明文化事業公司	一九七四	
戀歌	歷史小說集	文泉出版社	一九七六	
心海的迴航	散文集	衆成出版社	一九七六	一九七九年中興文藝獎章
歸根	小說集	道聲出版社	一九七八	
小人物看大世界	散文體遊記	文豪出版社	一九七九	
多情樹	散文集	文豪出版社	一九七九	
采菊東籬下	散文集	道聲出版社	一九八〇	
永遠與自然存在——吳稚暉傳	傳記	近代中國出版社	一九八〇	
慈禧與光緒	兒童讀物	近代中國出版社	一九八〇	
趙淑敏自選集	作品選集	黎明文化事業公司	一九八一	

吳稚暉傳	青少年讀物	近代中國出版社	一九八二	
水調歌頭	散文集	華欣文化事業公司	一九八二	
離人心上秋	小說集	道聲出版社	一九八二	
乘著歌聲的翅膀	散文集	九歌出版社	一九八四	
松花江的浪	長篇小說	中央日報	一九八五	一九八六年中國文協小說獎、一九八八年國家文藝獎
短歌行	散文集	道聲出版社	一九八六	
松花江的浪	長篇小說	黑龍江北方文藝出版社	一九八七	大陸簡體字版
惊夢	小說集	廣州花城出版社	一九九三	
夢想一頂紅羅帳	散文集	北京師範大學出版社	一九九四	
吳稚暉傳〈修訂新版〉	傳記	雨墨出版社	一九九五	
小路上的歲月	散文集	四川少年兒童出版社	一九九八	與趙淑俠趙淑倬合集
葉底紅蓮	散文集	人民文學出版社	二〇〇〇	

國家圖書館出版品預行編目

蕭邦旅社 / 趙淑敏著. -- 一版. -- 臺北市：
秀威資訊科技, 2009.06
面； 公分. --(語言文學類 ; PG0263)
BOD版
ISBN 978-986-221-241-7(平裝)

855　　98009184

語言文學類　PG0263

蕭邦旅社

作　　　者 / 趙淑敏
發　行　人 / 宋政坤
執 行 編 輯 / 詹靚秋
圖 文 排 版 / 鄭維心
封 面 設 計 / 蕭玉蘋
數 位 轉 譯 / 徐真玉　沈裕閔
圖 書 銷 售 / 林怡君
法 律 顧 問 / 毛國樑　律師
出 版 印 製 / 秀威資訊科技股份有限公司
台北市內湖區瑞光路583巷25號1樓
電話：02-2657-9211　傳真：02-2657-9106
E-mail：service@showwe.com.tw
經　銷　商 / 紅螞蟻圖書有限公司
台北市內湖區舊宗路二段121巷28、32號4樓
電話：02-2795-3656　傳真：02-2795-4100
http://www.e-redant.com

2009 年 6 月　BOD 一版
定價：300 元

讀　者　回　函　卡

感謝您購買本書，為提升服務品質，煩請填寫以下問卷，收到您的寶貴意見後，我們會仔細收藏記錄並回贈紀念品，謝謝！

1.您購買的書名：＿＿＿＿＿＿＿＿＿＿＿＿＿＿

2.您從何得知本書的消息？

□網路書店　□部落格　□資料庫搜尋　□書訊　□電子報　□書店

□平面媒體　□ 朋友推薦　□網站推薦　□其他＿＿＿＿＿

3.您對本書的評價：(請填代號　1.非常滿意 2.滿意 3.尚可 4.再改進)

封面設計＿＿　版面編排＿＿　內容＿＿　文/譯筆＿＿　價格＿＿

4.讀完書後您覺得：

□很有收獲　□有收獲　□收獲不多　□沒收獲

5.您會推薦本書給朋友嗎？

□會　□不會，為什麼？＿＿＿＿＿＿＿＿＿＿＿＿＿＿＿＿＿＿

6.其他寶貴的意見：＿＿＿＿＿＿＿＿＿＿＿＿＿＿＿＿＿＿＿＿

＿＿＿＿＿＿＿＿＿＿＿＿＿＿＿＿＿＿＿＿＿＿＿＿＿＿＿＿

＿＿＿＿＿＿＿＿＿＿＿＿＿＿＿＿＿＿＿＿＿＿＿＿＿＿＿＿

＿＿＿＿＿＿＿＿＿＿＿＿＿＿＿＿＿＿＿＿＿＿＿＿＿＿＿＿

讀者基本資料

姓名：＿＿＿＿＿＿＿＿＿＿　年齡：＿＿＿　性別：□女　□男

聯絡電話：＿＿＿＿＿＿＿＿　E-mail：＿＿＿＿＿＿＿＿＿＿

地址：＿＿＿＿＿＿＿＿＿＿＿＿＿＿＿＿＿＿＿＿＿＿＿＿

學歷：□高中(含)以下　□高中　□專科學校　□大學

□研究所(含)以上　□其他＿＿＿＿＿＿＿＿

職業：□製造業　□金融業　□資訊業　□軍警　□傳播業　□自由業

□服務業　□公務員　□教職　□學生　□其他＿＿＿＿＿

請貼
郵票

To：114

台北市內湖區瑞光路 583 巷 25 號 1 樓

秀威資訊科技股份有限公司　　收

寄件人姓名：

寄件人地址：□□□

(請沿線對摺寄回,謝謝!)

秀威與 BOD

BOD（Books On Demand）是數位出版的大趨勢，秀威資訊率先運用 POD 數位印刷設備來生產書籍，並提供作者全程數位出版服務，致使書籍產銷零庫存，知識傳承不絕版，目前已開闢以下書系：

一、BOD 學術著作—專業論述的閱讀延伸
二、BOD 個人著作—分享生命的心路歷程
三、BOD 旅遊著作—個人深度旅遊文學創作
四、BOD 大陸學者—大陸專業學者學術出版
五、POD 獨家經銷—數位產製的代發行書籍

BOD 秀威網路書店：www.showwe.com.tw
政府出版品網路書店：www.*gov*books.com.tw

永不絕版的故事・自己寫・永不休止的音符・自己唱